足の間で熱くなっているものを悪戯に握られ、指で揉まれて、京は身を捩った。

十《じゅう》年《ねん》目《め》のプロポーズ

真《ま》先《さき》ゆみ

ILLUSTRATION：周《す》防《おう》佑《ゆう》未《み》

十年目のプロポーズ

LYNX ROMANCE

CONTENTS

十年目のプロポーズ

暦《こよみ》のうえでは初秋だが、いまだ残暑が厳しい平日の昼下がり。

ほどよく冷房が効いた室内には、ノートパソコンのキーをたたく小さな音が、軽やかに響いている。

いわゆる家族向けマンションのリビングにあたる部屋なのだが、その様子は一般的なリビングとはずいぶん違っていた。

横に長い形をした室内の右側に、どっしりと頑丈《がんじょう》そうな木製の机が向かい合わせにふたつ置かれ、モニターの大きなパソコンと、卓上の引き出しと、その脇に紙の束や雑誌が積まれている。奥の壁際には同じく木製のラックが並び、ファックスつきの電話が載《の》った棚と、業務用のコピー機がひとつ。

見ての通り、事務所であり作業場だ。

玄関ドアの脇には『デザインスタジオ・SI』とシンプルに刻まれた銀色のプレートが張られ、グラフィックデザイナーである市瀬京《いちのせきょう》と祠堂成秋《しどうなるあき》の、住居を兼ねた職場だった。

二十六歳のころにふたりで事務所を立ちあげ、同時に引っ越してきて、もう三年になる。

南向きのベランダから燦々《さんさん》とそそぐ陽光の明るさが気にいって選んだ物件だったが、嬉《うれ》しいのは冬の昼間だけだった。真夏の陽射《ひざ》しは暴力的なほど強烈で、遮光と断熱効果のあるレースのカーテンを、掃除のとき以外はつねに閉めっぱなしにしているほどだ。

それでも充分に明るい部屋の、手前の机に向かっていた京は、たまっていた経費の入力を終えると、肩のこりをほぐすように首をぐるりと回した。

ほっと息をついて、視線を前方へ向ける。

すっきりと整頓されている自分の机とは正反対に、資料本やメモや紙の束が雑然と積まれて山になっている奥の机は成秋の領域だ。

大きなモニターに隠されてはねた黒髪しか見えないが、せわしなくマウスを操作している様子から、仕事がはかどっているのだとわかる。

きっと真剣なまなざしで画面を見つめているのだろう。

いまどきの柔和《にゅうわ》で優しげなハンサムとはまったく違う、甘さ控えめの気難しい顔立ちは、黙っていると孤高の武士といった雰囲気だ。むだに力のある目つきは鋭いし、愛想笑いは下手だし、さらに口もうまいほうではない。

それでも京にとっては、充分に男前に見えるし、大切な愛しい男だった。

自分がどちらかと言えば女顔だから、余計に惹《ひ》かれるのかもしれない。

性格そのままの難しい表情が、自分と目が合った途端に、ふわっと和《なご》む。その瞬間がいまでもたまらなく好きなのだ。

「成秋」

呼びかけると、

「……うん？」

成秋はモニターの向こうから気の抜けた返事を返してくる。

べつに適当に相手をしているわけではなくて、思考の大半が目の前の作業に占められているせいだ。集中しているときにはよくあることだから、特に気にしない。

そんなふうに思えるのも、つき合いの長さゆえだった。

時計を見るとそろそろ正午になるのだが、この様子だと、もうしばらくは作業に没頭しそうだ。

京はきりのいいところで作業を止めると、パソコンの電源を落として椅子から立ちあがった。

「銀行に行って、帰りに夕飯の買い出しもしてくるけど、なにが食べたい？」

「カレー。肉がごろごろ入ってるやつ」

即答だった。成秋は牛肉の塊《かたまり》が入った辛いカレーが好物なのだ。

「肉か……」

たしか今日の新聞に近所のスーパーのチラシが折り込まれていた。牛肉の特売日はいつだっただろう。

「ほかには？　ついでにいるものはある？」

出かける前にチェックをしておこうと、チラシを取りにテーブルに向かう。

横長い部屋の左側、キッチンカウンターの前には、ダイニングテーブルではなく、白い布張りのソファセットがあった。

その奥のキッチンには、オーブンや炊飯器やコーヒーメーカーが使いやすいように並んでいて、ごく普通の生活感を残している。

物が多くてどこか雑然とした作業場とは反対に、生活空間はいたってシンプルで整っているのは、単純に成秋と京の性格の違いだ。

必要なものは手の届くところに並べて置いてしまう成秋と、あるべき場所へきちんと収めてしまいたい京。

まるで正反対なふたりだが、互いの主張の間を探って、うまくバランスをとりながらやってきた結果がまさにこの事務所なのだった。

ソファセットのテーブルに置いてあったチラシを広げたところで、京はあることを思い出し、作業場を振り返った。

「そういや、夕方、北冬《ほくとう》出版さんが来るのは覚えてるよね？」

作業を続行しつつ、顎《あご》に指を当てながら京が訊《たず》ねたついでの買い物について考えていたらしい成秋は、ほんの少し眉を寄せて、嬉しくなさそうに頷いた。

「ああ。新しい担当だろう」

北冬出版は、京たちが主に取引をしている出版社だ。

規模はさほど大きくはないが、雑誌や書籍、写真集など、扱う発行物は多岐《たき》にわたる。

なかでも部数の多い若者向けの情報誌の仕事を請け負うようになってから、そろそろ二年になるのだが、ずっと京たちの担当だった編集者が、配置換えで別の雑誌へ異動になり、次号分から新しい編集がつくことになったのだ。

急な話で社内は慌《あわ》ただしいらしく、今日の午後に、初顔合わせと引継ぎの挨拶《あいさつ》と打ち合わせを同時に行う予定になっていた。

京たちよりひとまわりほど年上だった元担当者は、引継ぎに立ち会えないことをしきりと詫びていたが、聞くところによると新しい担当者は同世代の男だそうだ。

「それまでには帰るけど、もし確認の電話があったらよろしく」

「……了解」

人づき合いが不器用な成秋は、新たな人間関係の始まりというだけで憂鬱《ゆううつ》なようだ。

前担当とは雑談もできるほどうちとけていただけに残念だが、会社の事情なのだから仕方がない。

仕事に関しては不器用なりに大人の対応をすると信じているけれど、あえてからかうように言ってみた。

「苦手だからって、ほうりだして逃げるなよ」

すると成秋は、できるならそうしてしまいたいといった苦い笑いをうかべてから、低めのいい声で答えた。

「わかってる」

自分なりに思うところはあるらしく、他人に対してもう少しうまく立ち回れるようになろうと前向きに努力しているようなのだが、そう簡単にはいかないようだ。

立ち上がった成秋が、京に向かって手を伸ばす。

それに応えて傍《そば》へ行くと、腕のなかへと抱き寄せられ、頰《ほお》に唇《くちびる》が軽く触れてきた。

仕事場に恋人らしい甘さは持ち込まないと約束しているのだが、挨拶程度のハグとキスに留めているので許容範囲ということにしておく。

勇気づけるために背中を撫《な》でて、

「……カレーの牛肉、奮発していいやつ買ってくるから」

だから仕事の続きに戻ってと言うと、成秋の腕がようやくほどけた。

祠堂の『S』と市瀬の『I』。だから合わせて『SI』だと名づけたのは成秋だ。

最初は成秋と京で『NK』にしようと言われたけれど、京が反対した。名前の頭文字では必要以上に親密な印象を与えそうな気がしたからだ。

由来を訊かれるたびに、自分たちの関係を怪《あや》しまれやしないかと心配するのは嫌だった。『祠堂デザイン事務所』でいいだろうと提案したのだが、今度は成秋に共同経営なのだからと却下され、最終的に苗字のほうで押しきられてしまった。

普段から無口でなにを考えているのかわからないところもあるが、一度決めたことは簡単には譲らない。それが成秋という男だ。

思い返せば、恋人としてつき合い始めたときもそうだった。

一目惚《ぼ》れをしたのだと、告げたまなざしは曇りなく、真剣そのものだった。

もちろん男から愛の告白をされたことなど初めてだった京は困惑したが、諦めない成秋にいつの間にかほだされ、恋人という関係に落ち着いたのだった。

それは大学を卒業し、別々の会社に就職してからも続いている。

独立などまだ早いと周囲に言われながらも、勤めていた会社を辞めて『デザインスタジオ・ＳＩ』を立ちあげたのが、約三年前。

とにかくやるしかないと、わずかな伝手を頼りに仕事をかき集め、どんな小さなことでもひきうけ、一日も早く経営を軌道に乗せることばかりを考えて奔走《ほんそう》した。

そんな日々が半年も過ぎたころ、最初の転機が訪れる。京が以前いた職場で何度か一緒に仕事をした出版社の編集者が連絡をくれたのだ。

月刊雑誌の仕事を依頼され、その編集者が『耳より情報マガジン・プレジール』で担当しているページの作成を請け負うことになった。

定期的に続く仕事はふたりにとって大きなもので、丁寧《ていねい》に真摯《しんし》に取り組んだかいもあって、その半年後には巻頭特集のページも任されるようになった。いまではそれに加え、書籍の装丁や宣伝ポスターなど単発の仕事もこなしている。

こうしてどうにか利益を上げられるようにまでなれたのは、成秋がクリエイターとしての類《たぐい》まれなるセンスと、貪欲《どんよく》に技術を習得し、磨《みが》いて使いこなす職人としての才能を兼ね備えていたからだろう。

仕事が増えるにつれ、営業や事務的な業務に時間をとられるようになった京は、いまでは全体の三割程度しかデザインに関する作業をこなしていない。どちらも均等に分担するより、できるほうがより多くを引き受けたほうがいいと、自然にできあがった形だった。

成秋が、はっとするほどいいデザインを描くたびに、デザイナーとしてのプライドがちくりと痛むこともある。

けれど成秋に人づき合いというスキルが重要な営業をさせるのは無謀《むぼう》だとわかっているし、苦にならない自分が引き受ける方が事は上手くいく。

そもそも独立を決心したのは成秋のためだ。

２ＬＤＫのマンションを、経費削減を名目に住居も兼ねた仕事場にしたのは、成秋が楽に呼吸をしていられる場所を作りたかったからなのだから。

時間をかけ、やりやすい環境を模索しながら作り上げた現在の『デザインスタジオ・ＳＩ』を維持していけるのは自分だけだという自負が、いまの京を支えていた。


京が外出から戻り、西の空に陽が傾き始めたころ。

約束の時間ぴったりに、インターホンのチャイムが軽やかに鳴った。

「来たみたいだね」

つぶやいた途端、成秋の周囲の空気が、ぴりっと引き締まったのを感じる。

「成秋、愛想をふりまけとは言わないけど、聞かれたことにはちゃんと返事してくれよ？」

「……努力はする」

「うん。じゃあ、行くよ」

来客を迎えるにはいささか大袈裟《おおげさ》なくらいに念を押してから、京は玄関へと向かった。

願わくば、成秋の不器用な部分を受け入れてくれるような、大らかな性格の人でありますようにと祈りつつ。

緊張しながらドアを開けて、外に立っていた背の高い男と対面する。

「……あれ？」

京は男を見上げたきり固まった。

覚えのある顔立ちの男が、さわやかな笑顔を浮かべている。

「お世話になっております。北冬出版『プレジール』編集部の相沢朝大《あいざわともひろ》と申します。よろしくお願いいたします」

さしだされた名刺の名前にも、やはり覚えがある。

「ほんとに相沢だ。アメリカに行ったって聞いてたけど？」

戸惑いつつ訊ねると、相沢は表情を親しげに寛《くつろ》がせて答えた。

「一年ほど前に帰国して、叔父の伝手《つて》で就職したんだよ。久しぶりだな」

新しい担当者として現れたのは、大学時代の同級生だった。

京たちが通っていたのは芸大のデザイン学科で、同じグラフィックデザインコースで学んだ仲だ。グループ作業で一緒になったのも一度や二度ではない。

直接会うのは卒業式以来だ。大手の広告代理店に就職したはずが、突然仕事を辞めて海外へ行くことにしたと連絡をしてきて、それきり疎遠になっていた。

当時からおしゃれだった相沢のスーツ姿は何度も見たけれど、全く印象が違う。

丁寧に撫でつけて額を出した髪型のせいだろうか。濃紺のスーツにブルーグレーのネクタイが涼しげで、隙《すき》のない、仕事のできる男といった雰囲気だ。

「驚いた。なんだか切れ者のサラリーマンって感じ」

京も営業等でスーツを着る機会はあるが、基本的には自由な服装が許される職種だ。

そのうえ自室から仕事場までほんの数歩の距離なので、成秋などはベッドから出てそのままの格好で仕事に取りかかることもある。

それではけじめがない気がして、京はせめて自分だけでも、仕事を始める時は外出しても大丈夫な程度の服装に着替えるよう心掛けていた。

「今日は初顔合わせだから特別。次はネクタイなんかして来ませんって」

喉元《のどもと》の窮屈《きゅうくつ》さをほぐすようにネクタイの結び目をいじっていた相沢が、はっとして真面目な表情にあらためた。

「そうだ仕事で来てるんだった。失礼しました。本来は前担当者と一緒にお伺いして引継ぎをするべきところですが、諸事情により叶いませんでした。後日、改めてご挨拶させていただきますので、どうかご了承ください」

すっと頭を下げるしぐさも様になっていて、京もつられてお辞儀を返した。

「事情は伺ってますから。とにかく中へ、どうぞ」

そして相沢を室内へと招いた。

奥の作業場へと案内し、ソファに座るよう勧める。

成秋はまだ自分の机に向かっていて、作業を続けているようだった。

「成秋！」

普段の調子で名前で呼んでしまい、慌てて口を閉じたが遅かった。

さすがに取引相手の前では体裁が悪いだろう。

それとなく相沢の様子を窺《うかが》うと、特に気にしたふうではなかったので、ほっとした。

他人がいる場では怪しまれるような言動に気をつけているのだが、昔なじみだからと、つい気が緩んでしまった。

「……祠堂、北冬出版の相沢さんだ」

仕事中だと気をひきしめ、作業の手を止めてやってきた成秋にも会わせると、見た目はそれほどではないが、確かに驚いていた。

どうやら成秋も相沢を覚えていたらしい。その証拠に、営業スマイルを浮かべた相沢と、受け取った名刺を何度も見比べている。

「相沢です。よろしくお願いします」

「……こちらこそ……」

相沢はそんな成秋からの反応をさらりと流すと、淡々と仕事の話を始めた。

「さっそくですが、あまり時間もないので打ち合わせを始めましょう。まずは特集ページから……」

成秋と向かい合わせに座り、社名入りの紙袋から取り出した用紙をテーブルの上に広げる。

次号の特集はクリスマスにまつわるあれこれだ。なかでも大きく取り上げるのは、人気のレストランの期間限定メニューとスイーツの紹介だった。

「今回は増ページです。使用する写真が多いですし、せっかくの料理をちまちま並べるだけでは見栄えがしませんので、誌面を大胆に使っていこうと思います」

相沢が描いてきたレイアウト案は、ずいぶんと細かく書き込んであった。

「このマークは？」

「それは写真が別のものと差し替えになる可能性があります。なのでそえるコメントも変更ありきで考えておいてください。納期を考えるとあまり歓迎できないのですが、盛りつけが変わるかもしれないと言われまして」

こだわりを持っている店が限定フェアのぎりぎりまで悩むのはよくあることなので、成秋はひとつ頷《うなず》くと、手元の紙にメモを取った。

相沢の説明に耳を傾ける成秋は、集中したいい顔をしている。

これなら大丈夫だと判断した京は、そっと席を離れるとキッチンに入った。

特集ページの作業はすべて成秋の担当なので、京は基本的な情報を耳にいれても、特に手を出すことがない。

コーヒーメーカーをセットして、来客用のカップを用意する。

相沢は大学時代はブラックを好んで飲んでいたが、いまでもそうなのだろうか。

大まかな説明が終わったのを見計らい、淹《い》れたての熱いコーヒーを、邪魔にならないようテーブルの端に置いた。

成秋のぶんには最初からコーヒークリームを入れてある。

「あと、シネマ情報のページは……」

別の紙袋から出てきたのは、レイアウト図が一枚と、フラッシュメモリ。

「それは市瀬が」

「はい。オレの担当です」

成秋が受け取ったものを京に渡してくる。

近日公開予定の映画の内容と上映期間、主に上映する映画館のリストなどで構成されるページは、京が担当している。こちらは決まったレイアウトがあって記事を新しいものに変えていくだけの単純な作業なので、さほど手間はかからない。

だが情報の正確さがなによりも大事なページでもある。

細やかさが要求される仕事は京の得意分野だった。

成秋もそれを認めてくれているから、京の担当に振り分けられているのだ。

それにもとから映画好きの京にとって、このページは新作映画のいろいろな情報をいち早く入手できるという個人的な楽しみもあった。

「恒例の、映画の宣材の読者プレゼントですが、別ページのクリスマスプレゼントコーナーにまとめますので、そのぶんだけ記事が増えます」

「……この部分ですね。わかりました。あ、このストラップ、可愛《かわい》いですねー」

レイアウト図の変更部分に蛍光ペンで印をつけた京は、一緒に渡された資料を見るなり瞳を輝かせる。抽選で読者にプレゼントされるグッズのなかに、来月公開するファンタジー映画のキャラクターフィギュア付きストラップが数種類あったからだ。

主人公とともに冒険する愛犬のフィギュアは凛々《りり》しくも可愛らしく、劇場公開されたら成秋と一緒に観に行く約束をしていた京は、ますます楽しみになった。

「それ、評判がいいんですよ。気に入ったのなら、次に伺う時にお持ちしますね」

「いえっ、そんなつもりでは……」

まるで催促《さいそく》したみたいになってしまって、京は焦《あせ》って手を振った。

「編集部内でもわけられるほど多めに貰ったので、気軽に受け取ってください」

にこっと笑顔で言われたら、遠慮をするのも悪い気がして、京も微笑み返すしかなくなる。

そういえば相沢は、昔からこういうさりげない気遣いができる男だったことを思いだした。

「ありがとうございます。それじゃあ楽しみにしてますね。そうだ、なにかお礼を考えておかないと」

「それこそお気遣いなく。販促物ですからね」

礼をされるようなことではないと、やんわりと断られる。

それなら次の打ち合わせのときには茶菓子でも用意しておこうかと考えていると、隣から低い声が間に入ってきた。

「相沢さん、次は？」

「ああ、はい。それから……」

ほかにもいくつかあるページのすべてを三十分ほどかけて打ち合わせし終えて、相沢はようやくコーヒーに口をつけた。

「納期までの大まかな日程は別紙に。なにかあればご連絡ください」

「こちらこそ。初仕事ですからね」

定期的に続けている案件とはいえ、相手が変われば勝手も変わる。思い込みはなるべく捨てて、些《さ》細《さい》なことでも確認を怠らないようにしようと思う。

ひとつひとつの仕事を丁寧にしっかりと仕上げることが、次の仕事に繋《つな》がる。

それが独立してから身を以《もっ》て知ったことだった。

気をひきしめながらそう言うと、相沢は目を見張ったあと、不敵な笑みを浮かべた。

「そうですね。まずはお手並み拝見ということで、私もこちらのやり方を学ばせていただきます」

ときには協力しながら課題をこなしていた学生時代から、お互いにどれだけ進歩しているのか。京も楽しみだった。

コーヒーを飲み干した相沢が、帰り支度を始める。

「慌ただしくて申し訳ないですが、このあとも予定がありまして」

「忙しそうですね」

短い時間ではあったが、相沢の優秀さは打ち合わせの随所に垣間見えた。

そのぶん抱えている仕事もきっと多いのだろう。

京は相沢を見送るために一緒に玄関まで歩いた。

革靴を履《は》き終えると、相沢は京へと振り返り、

「とりあえず、仕事はこれで終わったということで」

わざわざ前置きをしてから、くだけた態度に戻してきた。

「今週末は時間が取れそうだから、三人で飲みに行かないか？　親睦を深めるっていうのもいまさらだが、いろいろと話もしたいし」

昔なじみとして思い出話や近況報告をしつつ、これからのことも織り交ぜて語り合おうといったところだろうか。

「……わかった。たぶんオレたちのほうが時間の都合がつけやすいから、相沢の予定が決まったら連絡して」

「ああ。そういや俺の、番号変わってるから」

「じゃあ、交換しよう」

ふたりして取り出したスマートフォンで、互いのアドレスを登録し合う。

「今週中には予定のめどがたつと思うから、決まったらメールする」

「了解。楽しみにしてるよ」

私用だというスマートフォンをスーツのポケットにしまった相沢は、玄関のドアを開けると、颯爽《さっそう》とエレベーターのほうへ向かって行った。

ひと仕事終えた気分で京もキッチンに戻り、シンクに下げたカップを洗っていると、成秋がやって来る。冷蔵庫からミネラルウォーターのペットボトルを取り出しながら、なんでもないように声をかけられた。

「相沢、なんだって？」

「週末あたりに飲みに行こうって。久しぶりだからね」

「……そうか」

飲み会は、あまり乗り気ではないようだ。

「京は知ってたのか？　あいつが新しい担当になること」

「まさか、オレだって驚いたよ。だいたい帰国してたことも知らなかったし、連絡先が変わってるのも、さっき教えてもらって気がついたんだよ」

すすいだカップを水切りカゴにふせて、濡れた手をタオルで拭《ふ》く。

「相沢の新しい番号、いる？」

「いや、いい」

自分から連絡する機会もないし、必要なら京を通せばいいと思っているのだろう。

そういう返事がくるだろうと予想していたので、京も無理に押しつけようとはしない。

確かに自分が知っていれば事は足りるし、なんの問題もない。

「成秋のスマホ、もうアプリゲームの専用機になってるよね」

「そうか？」

「うわ、自覚ないんだ。大学のころはまだ、グループ組んでたやつらの番号くらいは登録してたのにね」

「それは、課題に必要だったからだ」

愛想のない一匹狼のようでいて、成秋は学業には真面目に取り組む男だった。

数人のグループを組んでの共同作業でも、割り当てられた作業はきっちりと熟していたし、手を抜くようなこともなかった。

その姿勢は正しく評価されていたのだろう。

人づき合いに関して不器用なのは個性だと認識されたようで、成秋がひとりでいても、それを悪く言うものはあまりいなかった。

成秋の才能を妬《ねた》んだ一部の連中が絡んでくることはあったが、成秋のほうが相手にしていなかったので、大きなもめ事になることもなかった。

ついぼんやりと思いだしていたら、成秋が不思議そうに首を傾げた。

「……京？」

「ああ、なんとなくね、相沢に会ったせいかな、懐かしい気分になってきた」

相沢の他にも仲の良かった友人はそれなりにいたが、いつのまにかスマートフォンに登録しているアドレスのほとんどが、仕事に関する相手で埋め尽くされている。

勤めていた会社を辞めて、独立してからは特にそうだった。

この手に得たものはたくさんあるけれど、無くしたものも少なくはない。

それでもいまのこの環境を選んだのは、すべて成秋のためだった。

三年前は、そうするほかに道はないのだと思った。

大学を卒業してから独立するまでの三年間を思い返すと、京はいまでもせつなさと苛立《いらだ》ちに苛《さいな》まれる。

京にとっては慣れない仕事に忙殺されているうちに、あっという間に過ぎていた時間だが、当時はそれを悔《く》やむ日がくるとは思ってもみなかった。

才能があるうえに情熱と真面目さも兼ね備えていた成秋は、大学を卒業すると大手の広告代理店に就職し、社内研修を終えたあとは企画制作部に配属されていた。

京が就職したのは中堅のデザイン会社で、業界でそれほど名が通っているわけではなかったが、個性の強いデザイナーが揃っていることと、型破りな仕事ぶりに憧れて志望した会社だった。

そのころの成秋のことをあまり覚えていないのには理由がある。

お互いに新しい環境になじむのに必死で、自然と会う回数が減り、眠る前の数分をつかまえて電話をするのがやっとだったからだ。

その電話も、関わっている仕事の内容は話題にできないので、無難なものに終始し、互いの体調を気遣うばかりになっていく。

ようやく時間が合えば、肌を合わせて飢《う》えを満たすことばかりが優先されて。

忙しいのは相手も同じだからと、弱音やグチは胸に飲み込んで、また仕事に忙殺される日々だった。

プライドが邪魔をしていたこともあったかもしれない。

成秋は早いうちからその才能を発揮《はっき》していた。出身大学が同じで、引き立ててくれる上司がいたので、入社一年目から大きな企画を動かすチームに加えられ、期待どおりに結果を出すことで社内でも高い評価を得ていた。

成秋の目覚ましい活躍を目の当たりにして、京は自分ももっと上を目指そうとした。成秋のようにはできなくても、せめて胸を張って報告できるような仕事がしたかった。

自然と残業や休日出勤が増えていき、恋人との時間が減っていく。

それでも恋人よりも仕事を優先したい時期があった。

成秋もそれは同じだろうと勝手に信じて、声すらまともに聞かない日々が続いた。

だから京は、成秋の変化に気づけなかった。

連絡がないのは自分と同じ理由だろうと、気にもしないでいたころ、成秋は成功を妬んだ同僚から嫌がらせをうけるようになっていた。

あからさまな嫌味や皮肉、悪意のある噂《うわさ》。

対人関係が不得手なことも災いしたのだろう。なぜ妬まれ攻撃されるのか、理解できなかった成秋は、大学時代と同じようにそれを相手にしないことで受け流そうとしたのだが、それが裏目に出た。

嫌がらせはますますエスカレートして、仕事の妨害にまで及んだ。

取引先からの大事な伝言を握りつぶされたり、書類を紛失されたり。成秋のミスになるように巧妙に細やかに仕掛けられ、事情を知らない相手の誤解や不信を生み、成秋は少しずつ追いつめられて余裕をなくしていった。

仕事やプライドのことを自分のなかで消化し、ようやく恋人に素直に甘える余裕を取り戻した京は、久しぶりに会った成秋のやつれた顔を見て愕然《がくぜん》とした。

辛抱強く事情を問い詰め、弱音を吐きたくなかったのか話をするのも渋っていた成秋だったが、やはり限界だったのか、最後には辛い胸の内を明かしながら慰《なぐさ》めを求めてきた。

あんなにも脆《もろ》くなっていた成秋を見たのは、後にも先にもあの時だけだ。

京は激怒した。

稚拙《ちせつ》な悪意をぶつけてきた件の同僚と、なによりも成秋がこんなふうになるまで事態に気づけなかった自分自身に。

嫌がらせを受けたのが京ならば、甘んじて受けたり、ましてや黙ってやり過ごしたりなどしなかっただろう。一見穏やかそうに見えて、じつは成秋よりもずっと強情できつい性格だから、嫌味にはそれ以上を返して相手をやり込めるくらいのことはしてみせる。

けれども成秋は、気難しい外見に反して、本来は気持ちの大らかな優しい男なのだ。

そんな成秋のことをなにもわかっていない連中に、己の才能の程度を棚に上げて妬みや悪意をぶつけられるのは我慢ならなかった。できることなら成秋が受けた痛み以上のものをやつらに返してやりたかった。

だが大学の在学中ならいざしらず、部外者の京にできることは、ひたすら慰めて元気づけることだけで。

成秋が疲弊《ひへい》していくのを見ていられなくなった京は、悩んだ末に、環境を変えることを成秋に提案した。

成秋がのびのびと、その才能を思う存分発揮できる場所を作ってあげればいい。

人づき合いが不得手というだけで、人生を少しだけ損しているようなこの男を守りたかった。

苦手なものは誰しもある。克服することも必要だが、得意なことをのばして人生を渡っていく武器にしたっていいだろう。

そのためにも自分が傍にいて、同じペースで歩いていく。

仕事もプライベートもわけあえる、唯一のパートナーとして。

そうしてふたりで築いた城が『デザインスタジオ・ＳＩ』なのだった。

あれからもう三年。

京が望んだ日々は叶えられている。

「それで、成秋はどうするの？　相沢からのお誘い。いろいろと話したいって言ってたよ」

なんとなく答えの予想はついているけれど、これも仕事の範囲だということにしておけば、承知してくれるかもしれない。

相沢は完全なるプライベートのつもりで誘ってくれたのだろうが、その辺りは大目に見てもらうことにしよう。

「オレも久しぶりに飲みに行きたいし、だから一緒に……」

濡れた手を拭ったタオルを、意味もなくたたみながら誘い続けていると、背後に立たれる気配がして。

「んっ！」

うなじにキスをされた京は、いきなりのことに驚いて持っていたタオルを取り落とした。

「成秋っ⁉」

「飲み会、楽しんで来い」

それだけ言うと、成秋はミネラルウォーターのペットボトルを手に仕事場のほうへと戻って行く。

背中しか見えないけれど、京には成秋が薄《うっす》らと笑みを浮かべているのがわかった。

「もう……っ」

慣れたキスなのにうろたえてしまった自分が恥ずかしくて、京はちょうどよく水洗いで冷えていた手を、自分の火照った頬に押し当てた。


新担当として初顔合わせをした週末の夜。

京は相沢からメールで指定された待ち合わせの店に、時間ぴったりに到着した。

出がけまで服装に悩んだのだが、今夜はあくまでもプライベートなので、カジュアルに白いTシャツにカーディガンをはおり、くすんだ煉瓦《れんが》色のチノパンを合わせている。

身支度をしているあいだ、成秋はなにを言うでもなく、ずっと京の傍にいてその様子を眺《なが》めていた。

『成秋は、本当に行かないの？』

『ああ』

人混みは苦手だし、わざわざ出かけてまで相沢と話したいことも無いからというのが不参加の理由だそうだ。

『俺のことは気にせず、楽しんでこい』

自分は苦手だが、京は外へ食事や飲みに行くのも好きだと知っているから、成秋は京が出かけることに関して、あからさまに反対したりしない。

成秋なりに京の好みを尊重し、いろいろな意味で譲歩してくれているのだろう。

もっとも最近では、京も仕事のつき合いでやむを得ない集まりのほかは、進んで出かけることが減っている。

大学時代の友人とは、会う時間がなかなか取れないでいるうちに、なんとなく疎遠になってしまっているし、成秋をひとりで留守番させてまで、外出しようとは思わなくなったせいかもしれない。

今回は誘われた相手が相沢だったからで、京にとっては特別だった。

『じゃあ、いいお店だったら、次はふたりきりで行こう』

久しぶりに成秋を置いて出かけることへの埋め合わせを提案すると、成秋は、京の気持ちはわかっているとでも言いたそうな顔をしながら頷いてくれた。

京の到着から遅れること十五分。

「悪い！　待たせたな」

相沢が急ぎ足でやって来た。

こちらも先日の隙のないスーツ姿とは違って、初秋の夜に相応《ふさわ》しい薄手のジャケットに、黒のスラックスをはいている。

「編集部を出る寸前に、電話につかまった」

「いいよ。なかなか時間通りにいかない職種なのはわかってるから」

「そう言ってもらえると助かる」

ひとしきり謝ってやっと気づいたのか、相沢が不思議そうな顔をした。

「あれ、市瀬ひとりか？　祠堂は？」

「残って仕事してるよ」

「え？　納期まで余裕あるだろう？」

「別件で、週明けが納期のやつがあって。だから今夜はお留守番。ごめんね」

別件の仕事を抱えているのは事実だが、不参加の口実だった。今頃はきっと、ひとりで気楽にテレビを見ながらビールでも飲んでいるだろう。

はなから無理に連れ出すつもりはなかったし、また話すことがないという成秋の本音を相沢にわざわざ教えるつもりはなかった。

「それなら仕方がないな」

成秋が大学時代から飲み会や集まりにあまり参加しなかったのを知っている相沢は、あっさり納得すると、京を促《うなが》して店に入った。

夕食時を少し過ぎた時間だが、店内はほどよく混んでいた。

生成《きな》り色のシャツに、深緑色のギャルソンスタイルのエプロンをつけた店員が奥へと案内してくれて、木製のテーブルに向かい合って落ち着く。

「とりあえずビール。それとチーズの盛り合わせ。市瀬は？」

メニューを開くと、酒の種類が豊富で選ぶのに迷った。

「じゃあ、オレもビールで」

「ここは料理も美味いぞ。腹はすいてるか？」

「うん。でも昼が遅かったから、がっつり食べるのは無理かな」

渡された料理のメニューは酒と同様に分厚くて、どれもおいしそうで目移りしてしまう。

たしか相沢は、この店を取材で知ったと言っていた。

先日の打ち合わせの際に貰《もら》ったレイアウト案もそうだったが、相沢のセンスは大学時代よりさらに磨きがかかったように思える。

それはきっと取材時にもいかんなく発揮されているに違いない。

ここは確かな感性を持つ相沢に任せてしまえば間違いはないだろう。

「なにかおすすめはある？」

「そうだな、市瀬の好みが変わってないなら……」

メニューをめくっていくつか選んでくれた料理は、どれも京が選びそうなものばかりだ。

食の好みを覚えていてくれたうえに、大学時代から変わらない面倒見の良さに、京は驚くばかりだった。

相沢のおすすめをそのまま店員に伝え、ひととおり注文を終えると、京は店内を端からぐるりと見回した。

漆喰《しっくい》の壁に、古めかしい木の柱と煉瓦の飾りがアクセントになっている。クラシックのピアノ曲が控えめに流れていて、素朴な雰囲気で居心地がいい。

「いい店だな」

値段もそれなりなせいか、来ている客のほとんどが社会人らしく、会話が盛り上がって賑やかな席はあるけれど、騒がしいというほどではない。

男がふたり連れで座っていても浮かない雰囲気に、京はぜひ成秋をつれて来ようと心に決めた。

「それにしても、まさか相沢が担当になるなんてね」

それほど待たされずに運ばれてきた料理を皿に取り分け、さっそく箸《はし》をつけながら会話を始める。

「引継ぎで貰った取引先のリストは事務所名だったから、打ち合わせにでる前に確認したら、代表者はふたりで、しかも祠堂と市瀬だっていうだろ。まさかと思ったら大当たりで、俺も驚いた」

「お互いに昔のことを知っている取引相手って、なんだか照れくさいね」

「だよな。わかる、その感じ」

「大学時代かあ……。みんな元気にしてるかな」

「帰国した直後に何人かと飲んだが、それなりに変わってて感慨深かったぞ。特に外見とか」

「外見？」

「おもに運動不足で腹回りが出っ張ったやつとか、頭髪の悩みを抱えたやつとか」

「あ……なるほど」

それはわりと深刻な変化だと、京は苦笑いを浮かべた。

「おまえたちは、変わらないな」

「そうかな」

コップが空になったので、相沢はハイボールを、京はビールのおかわりを注文する。

話題は京とは疎遠になっている共通の友人の近況から、大学時代の思い出話へと広がり、つられて食事も進んだころ。

相沢がまじまじと京の顔を見つめてきた。

「……なに？　どうかした？」

「いや、卒業後は別々の会社に就職したのに、いまでは独立して、ふたりで頑張ってるんだよなって思ってさ。実際、大変だっただろ」

「それは、まあ……いろいろあったけど、おかげさまで」

「それだけじゃないだろ」

相沢がなにを言いたいのかわからなかった京は、首を傾げる。

「仕事もそうだけど、まだ続いてたんだな、おまえたち。驚いたよ」

「……えっ？」

「いわゆる『公私ともにパートナー』なんだろう？　違ったか？」

いきなり爆弾を落とされて、京は持っていたグラスを落としそうになった。

どうして相沢が知っているのだろう。

いつ気づかれたのだろう。

「あ……の、それは……」

先日の顔合わせの時に、なにか勘づかれるようなことをしただろうか。まさか成秋のことを名前で呼んだからか。それとも自分たちがわかっていないだけで、誰が見ても一目瞭然《りょうぜん》なのだろうか。

不安が次々と胸に湧《わ》き起こる。

渦巻いている気持ちは声にならなくて、黙っていると相沢が、ふっと優しげに目を細めた。

「そんな顔しなくていい。俺は昔からそういうことに敏《さと》いタチなんだ」

そして、どこか遠い記憶を思い出すように視線を逸らした。

「あれは一年生の……冬頃だったか。なんとなく、ふたりの間の空気が変わった気がしてな。そうなのかなと思って見ているうちに、納得した。考えてみれば、祠堂は最初から市瀬ばかり特別だったからな。やつにほだされたのか？」

関係ができあがった時期まで言い当てられては誤魔化《ごまか》しようがないと、京は仕方なく頷いた。

「……そうだよ。でも、そんなにわかりやすかった？」

「祠堂のほうがな」

「成秋？」

「だってそうだろ。あいつ、本当につき合いが悪いくせに、市瀬が来る飲み会だけはちゃっかり参加してたし、グループ制作のときも自分から会話してただろ。あの無口で不愛想な祠堂が懐《なつ》いてたのは、はっきり言っておまえだけだぞ」

「まあ……あえて否定はしないよ」

相沢の指摘はもっともだった。

そんなに前から知られていたなんて、まったく気づかなかった。

相沢はそんなそぶりも見せず、ずっといい友達でいてくれたから。

成秋とのことは、慎重に振舞っていたつもりだった。

誰に恥じることでもないと胸を張りたかったけれど、やはり偏見の目を向けられるのは怖い。理解できない人もいるだろうし、心無いことをする人もいる。

京とて高校時代には彼女がいたし、まさか自分に男の恋人ができる日がくるとは思ってもみなかった。

それでも出会ってしまったのだ。

十九歳のときに成秋と出会い、心を奪われてしまった。

どうして成秋だったのだろうと考えたこともある。

いまでもその答えはよくわからない。

成秋にも訊《き》いてみたことがあるのだが、

『こんなに好きになったのは京だけだから』

などと真顔で答えられてしまい、恥ずかしいやら照れくさいやらで、いたたまれない気持ちになった。

だがその言葉が、いまの京の支えになっている。

すべての人に認めてもらえなくても、秘めて偽ることでしか、平穏に過ごせないのだとしても。

誰より大切に想えたから、一緒にいることを選んだ。

京のそんな考えを成秋も理解してくれて、大学構内では特に友人らしい態度に徹していたつもりだが、やはり見る目がある人には気づかれていたのか。

もとより他人との距離が遠い成秋だから、普通に接するようになっただけで特別に見えてしまったのかもしれない。

「相沢は、知ってても、誰にも言わないでくれたんだね。どうして？」

まっすぐに目を見つめながら問いかけると、相沢はあからさまに顔をしかめた。

「他人の色恋をいちいち吹聴しろって？　ばかばかしい。周囲に迷惑をかけるならともかく、好きな相手と合意なら、どうなろうと当人たちの自由だろ」

相沢は昔から、どこか達観したようなところがあったが、そんなところは少しも変わってないのだとわかる。

「……そっか。ありがとう」

「むしろ、唯一無二のパートナーって感じは、ちょっと羨《うらや》ましかったよ」

いままでに成秋とのことを相談できる相手などいなかったし、それでいいと思っていたけれど、こんなふうに認めてくれて、話してもいい相手がいるというのは、やはり嬉しいものなのだと京は初めて知った。

「それで、いつからだよ」

「えっ？」

「実際は、いつからつき合ってるんだ？」

下世話な詮索というわけでもなく、自然な流れで訊かれたから、京も変に身構えることなく答える。

「相沢が気づいたとおり。大学一年の冬からだよ」

「じゃあ、もう十年になるのか」

「……え？　十年……？」

もうそんなになるのかと、京は言葉を失った。

過ごした時間の長さにあらためて気づかされて、積み重ねてきたその重みをじわじわと実感し始める。

「記念日のお祝いとかしないのか？　祠堂のやつ、クールな外見を裏切って、そういうの好きそうなのに」

「しないよ、そんなこと。それに成秋のことをそんなふうに言ったやつも初めてだよ」

恥ずかしくてとっさに否定したけれど、内心では、成秋の本質をよく見抜かれていることに驚く。

たしかに成秋は、愛想のない態度や言葉の少なさで誤解されるが、特別な演出を好むロマンチストで、ささやかな約束も大切にするタイプだ。

恋人になった記念日が成秋の誕生日と同じ日で、少しばかり気合いの入った食事をしたりと特別なことをしているから、相沢の指摘も間違いではない。

また一年間を共に過ごそう。来年も笑顔でこの日を迎えよう。

そう約束を重ねて、もう十年。

「十年になるんだって、あらためて考えると変な感じだな。いろいろなことがあったけど、なんだか、あっという間だったから」

大学の講義室で出会い、声をかけられ、一目惚れだと告白された。熱心な求愛にほだされて、いつの間にか自分も好きになっていたことを自覚し、つき合いはじめた。

理由も規模も様々なケンカや擦《す》れ違いを経験したけれど、不思議と別れ話にまで至ったことはない。

お互いに受け入れたり許したり納得したりしながら、ふたりでいる方法を、ちょうどいい距離と歩きかたを模索してきた。

「たいしたもんだよ」

相沢が、優しい声で言う。

「俺はむこうで出会った彼女と四年で別れたからな。神様の前で夫婦の誓《ちか》いをかわしたのに、続けられなかった」

秘密をさらりと打ち明けられて、京は大きな瞳を何度も瞬《またた》かせた。

「それって……相沢は、バツイチってことか？」

「あれ、おまえのところまで噂は届いてなかったのか」

「初耳だよ」

「聞いて楽しい話でもないだろうけど、教えてやろうか？　離婚の原因」

「え……っと」

頷いていいものか京は迷った。

純粋に好奇心は刺激されたが、興味本位に聞いていい事柄ではない。

けれどももしも相沢が誰かに話したいと思っているのなら、聞き役になるのも吝《やぶさ》かではない。

どちらか迷って曖昧《あいまい》に笑い返すと、相沢は、あっさりとした表情で話を続けた。

「もう無理ですって言われたんだよ、むこうに」

「えっ？　相沢が？　奥さんに？」

「やっぱ驚くだろ。当時の俺もそうだった。まあ……いまならわかるんだけどな」

何事も無駄なくスマートにこなす男が、どうして当時の伴侶からそんなことを言われるはめになったのか。

京には想像もつかなかった。

「簡単にいうと、俺にとっての家だった場所は、彼女の忍耐と努力で成り立っていた。俺はそれに気づけなかった。彼女の我慢の限界がきたから、もう無理だって終わりにされた」

「努力と、忍耐？」

「ひとりで頑張ってしまう人だって、知ってたのにな。俺は仕事の楽しさがわかってきたころで、家庭よりも仕事を優先させてて。男なんてみんなそうだと思ってたし、なにも言わないのは不満がないってことだと疑わなかった」

相手から発せられていた小さなサインを見逃して、些細な変化にふと気づいても顧《かえり》みないでいるうちに、もうそこはふたりの家ではなくなっていたのだそうだ。

「だから、続けるってことがどんなに大変で大切なことか、少しはわかってるつもりだ」

相沢は手に持っていたハイボールのグラスを揺らして、カランと氷を涼やかに鳴らした。

「きっと祠堂は、おまえがだす小さなサインを見逃したりはしないのだろうな。見逃さない努力も続けてるんだろう。その結果の十年だ。愛されてるなあ」

「あー……そう……なのかな。ははは」

真顔でさらりと言われた言葉に、京の顔が、かあっと熱くなった。

胸の奥がうずうずと落ち着かなくて、顔が自然とにやけてくる。

とにかく照れるやら恥ずかしいやらで、隠れるように手のひらで顔を覆いながら俯《うつむ》く。

近況報告をしていたはずが、どうしてこんな話題になったのだろうと思い返しているうちに、京はふと気づいた。

いまはとても不本意な状況に置かれているが、こうして相沢がこの場で成秋との関係を話題にしたのは、彼なりの気遣いだったのかもしれない。

これから一緒に仕事をしていくうえで、ふたりの関係はもう知っているから、変に身構えなくていい。気持ちの負担を減らしてやるから、そのぶんよりよい仕事をしてくれ。

そういうつもりだったのではないだろうか。

そして自分の秘密も暴露したことで、友人としての距離も縮めてくれた。

たぶん京の予想は当たっているのだろう。

そういうさりげない気遣いをするところも、相沢は学生時代から変わっていないのだ。

「相沢」

「うん？」

「いろいろと、話してくれてありがとう」

まだ照れくさくて、まっすぐに目を見られるほどには回復していなかったけれど、気遣いへの感謝を込めて言うと、

「いや。お互い様だろ」

相沢は少しもたいしたことではないように答えて、グラスの中身をあおる。

つられて口にしたビールは、もうだいぶ温くなっていたけれど、とにかく落ち着きたかった京は、かまわずにすべて飲み干した。

相沢と店の前で別れたあと、大通りでつかまえたタクシーに乗り込んで、マンションの前まで戻った。

気のおけない相手と成秋の話をしたせいか、久しぶりに飲みすぎたアルコールに煽《あお》られたのか、早く帰って顔が見たい。

はやる気持ちで飛び乗ったエレベーターは、もどかしいほどゆっくりと上昇して。

ドアが開ききるのも待たずに降りると、駆け足の速さで玄関へと駆け寄る。

カギを開けて家のなかへ入ると、

「おかえり、京」

帰宅に気づいた成秋が、自室から出てきて迎えてくれた。湯上りらしく、まだ濡れた髪をタオルで拭《ぬぐ》っている。

「成秋っ」

靴を脱ぎ捨てて廊下に上がり、ただいまの挨拶の代わりに、ぎゅっと抱きついてやった。

腕をからめた成秋の身体は温かく、柑橘《かんきつ》系のさっぱりとした匂いがする。

「なんだ、ご機嫌だな」

少し驚いたような声とともに、首筋に寄せた鼻を、くんっと鳴らすのが聞こえて、

「おまえ、けっこう飲んでるな」

大きな手のひらが、後ろ髪をかきまぜるように撫でてきた。

「うん、飲んできた。酒臭い？」

「少しな」

「ごめん。オレもシャワー浴びてくる」

離れようとすると、反対にぎゅっと抱きしめられる。

「待て、少し酔いをさましてからにしろ」

髪を撫でていた手が下へと降りて京の腰をつかみ、支えながら、玄関を入って東側の部屋へ連れ込まれた。

窓際にあるベッドに座らされると、

「ちょっと待ってろ」

成秋は部屋を出て行く。

支えがなくなった京は、そのままころりとベッドに横になった。

なじんだ匂いに包まれて、ほっとしたのか、自然に身体の力が抜けていく。

生成り色とダークブラウンでまとめられたこの部屋は、いちおう成秋の自室だ。

あるのは窓際のダブルベッドと、対面に置いた液晶テレビとテレビ台のみ。

デザインに関する資料や用具はすべて仕事部屋にまとめてあるので、衣類などの私物は北側の壁面収納で事足りるらしい。

ちなみに京の自室は廊下を挟んだ真向いで、シングルベッドと大きな本棚があり、私物はウォークインクローゼットに収めている。

どちらも物が少なくてすっきりしているのは、片づかないのが嫌いな京のせいだ。ごちゃごちゃと物があふれ、うるさくて落ち着かない空間は許せないのだ。

乱雑な空間からは乱雑な発想ばかりが生まれる。それが京の持論だ。

さすがに仕事関係者が自室にまで出入りすることはないが、整理整頓《せいりせいとん》も仕事のうちだと、整然とした空間を保つように日々取り組んでいた。

ただし成秋の仕事机だけは治外法権で手が出せない。乱雑なようでいて、どうやら成秋なりの秩序があるらしく、年末の大掃除などよほどのことがない限り放置している。

そうしたスタンスも、ふたりで過ごすうちに自然と出来上がっていったものだった。

大学で知り合って四年。社会人として別々の会社で働いて三年。そして一緒に暮らし始めてから、三年。

「……そうか、十年か……」

つき合い始めたときは、十年先のことまで考えていなかっただけに、あらためて意識すると、胸にじんわりとくるものがあった。

本当によく続いたものだと、しみじみと思ってしまうのも無理はない。

たとえば京と成秋の共通の趣味は映画観賞なのだが、好きなジャンルは微妙に違う。

食事も魚料理より肉料理が好きなのは同じだが、成秋は牛肉が好みで、京は鶏肉を好む。

片づけ魔の京と、使い勝手による独特の秩序を好む成秋。

デザインに関してもそうだ。大胆で尖っていて自由な表現を得意とする成秋と、緻密《ちみつ》で硬質で美しい表現を追及したがる京は、ある意味真逆といえる。

家族構成も育った境遇も全く違うふたりが、それでも十年、一緒に歩いてきた。

ぼんやりと感慨にひたっていると、成秋がミネラルウォーターのペットボトルを手に戻ってきた。

「飲めるか？」

「……うん」

寝ていた身体を起こされ、冷えたそれを渡される。

一口飲むと、冷えた水が身体中に染み渡るような気がした。ずいぶんと喉《のど》が渇《かわ》いていたようで、京は一気に半分ほど飲み干す。

「もういいか？」

「うん」

隣に座った成秋が、頷いた京の手からペットボトルを取って脇へ置いた。

「なにかあったのか？」

そして確かめるように顔を近づけてくる。

「……どうして？」

「いつもより飲んでるから」

至近距離から、目の奥まで見透かすようにじっと覗《のぞ》き込まれる。

成秋はいつも京のことをよく見ていて、ちょっとした違いにも気づいてくれる。

一緒に暮らし始めてからは特にそうだ。

表情にでなくてわかりにくい成秋の感情を、京だけがちゃんと読み取れるように、成秋も京が不安や悩みで揺らぐと、些細なことでもちゃんと気づいてくれる。

心配してくれているのだとわかるから、京は意識して穏やかに答えた。

「相沢とは久しぶりだったから、ちょっと気が緩《ゆる》んだだけだよ」

安心させたくて、にこっと笑顔もつけたのに、なぜか成秋の眉間にしわが寄った。

「……京」

「うん？　……うわっ」

成秋に肩をおされ、ぐらりと傾いだ身体が背中からベッドに倒れこむ。上に乗りあがってきた成秋が、京の首から肩のあたりに額を押しつけてきた。

「気をつけろよ」

たまらないといった勢いで唇も押し当て、何度か啄《ついば》まれて肌が甘くさざめく。

感情が顔にでないぶん、行動がまっすぐでわかりやすいこともある。

そんな不器用さが可愛いと思えるのだから、我ながら始末に負えない。

どうやら成秋は相沢に妬《や》いているようだった。

内心は穏やかでなかったのなら、一緒に来ればよかったのに。

それが無理なら行くなと言えばいい。今回は完全にプライベートでの食事だったから、断ることもできた。

きっと相沢との今後の関係について考えて、我慢したのだろう。

「妬かなくていいのに」

それでも本音は妬かれて嬉しいから、京の口元にふわりと笑みが浮かんでしまう。

図星だったらしい成秋は、ふと上げた瞳を気まずそうに揺らすと、京のシャツの裾《すそ》をつかんでめくり上げた。性急に肌を撫でられて、京も自然と広い背中に手をまわす。

距離が近くなった成秋の匂いを胸に深く吸い込むと、ほっと安らぐのと同時に、身体の奥が、ぎゅっとせつなくなった。

こんなふうに触れ合うのは二十日ぶりなのだ。

急に入った単発の仕事や用事でタイミングが合わず、別々に休む日が多かった。

京の部屋にもベッドはあるけれど、たいていは成秋の部屋で一緒に眠っている。睡眠時間が合わないときや、体調が悪いとき以外はだいたいそうだ。

成秋はとにかく京にくっついて眠るのが好きで、京が寝苦しいから控えるように言っても、いつもどこかに触れていようとする。

硬い腕枕など一度でこりた京だが、背中から抱えられて眠るのは好きだった。

シャツのボタンをはずして肩から脱がし、熱心に触れてくる成秋を安心させたくて、京は教えた。

「心配はいらないよ。相沢は、オレたちの関係に気づいてたから」

「……え?」

腹から胸へと撫でていた手が止まる。

やはり成秋にとっても予想外だったようだ。

「大学時代から知ってたみたい。オレとおまえは公私ともにパートナーで、まだ続いてたのかって感心されたよ」

信じられないといった顔をしていた成秋が、ふっと眉間に険しいしわを寄せる。

「大丈夫なのか?」

仕事に支障はないのかと言いたいのだろう。

「大丈夫」

京は成秋の背中にまわした手のひらで、肩から腰までを何度も優しく撫でた。

「たぶん相沢は、一緒に仕事をすることになったから、あえて気づいてると教えてくれたんだよ。でなきゃずっと黙ってたと思う」

京なりに感じた相沢の気遣いを成秋にも伝えると、ようやく納得できたのか、さっきよりも大胆に手を動かし始めた。

まるで肌の感触を確かめるみたいに。

さらさらとすべらかな心地よさを楽しむみたいに。

その手のひらが、動きがだんだんと熱を帯び、つられて京の身体の奥にも、じれったいような甘やかな感覚が芽生え始める。

それを察したらしい成秋は、京の耳朶《じだ》をいたずらに噛《か》みながらささやいてきた。

「このまま、いいか？」

「いいけど……成秋こそ、こんな酒臭いオレでいいの？」

まだ酔いも残っているし、ちゃんと相手ができるかどうかもわからない。

訊ねると、成秋はまるで眩しいものでも見るように目を細め、ふっと笑みをこぼした。

「京だから、いい。俺はそれだけでいい」

それはずっと昔から変わらない、成秋の素直な愛の告白。

嬉しいのだとわかる満足そうな笑みまでつけられたら、京が抗えるわけがない。

「それじゃあ、どうぞお好きに」

肘《ひじ》をついて軽く上半身を起こした京は、自分から成秋にキスをした。

どうにでもしてくれてかまわないと、唇が離れ際にささやいたのも本気だった。

こうして横たわる身体はすべて成秋のものだから。十年も前から、ずっと。

「ねえ、成秋」

「……ん？」

「相沢ね、いいことだって褒めてくれたよ。続けるってことが、どんなに大変で大切なことかわかってるからって」

こんな状態で他の男の名前がでたのが気に入らないのか、めずらしくあからさまに成秋の眉間にしわが寄る。

好きにしてもいいと言いながら話を始める京の真意を探ろうとしたのか、間近から顔を覗き込んできた。

「もう十年になるんだね、オレたち。成秋は気づいてた？」

「……もちろん」

忘れるわけがないと頷かれ、成秋もいままで積み重ねてきた時間を大切に思ってくれているのだと知って、京は嬉しくなった。

「それで気になってることがあるんだけど、いつも整理整頓しろって言うオレのことを、どう思ってる？」

「やけに話がとんだな」

そんなに酔っているのかと真顔で心配し始めるから、またついばむように軽くキスをして、逸れた意識を引き戻してやる。

「いいから答えろ。神経質でうるさいやつだなとか思ってない？」

「いまさら訊くのか」

いまさらでも訊いてみたくなったのは、重ねてきた月日をあらためて振り返ったからだ。

一緒に暮らしてきて、京には当たり前だけど、成秋にはそうではないことがあったかもしれない。もしかすると言えなくて我慢させていることが、いまもあるかもしれない。

だからこれを機会に訊いておかなければいけないと思ったのだ。

成秋は京の頬と唇についばむキスを返すと、ひそめた声でゆっくりと、でもしっかりと答えてくれた。

「言っただろう。俺は、ここにいるのが京なら、それだけでいい。小言が多くても、片づけ魔でも、傍にいてくれるならそれでいい。これからも、それは変わらない」

「……これからも」

「このさきも、いてくれるんだろう？　ここに」

この腕のなかに。

見下ろす成秋の瞳が、どこか懇願するように京を求めていて、たまらない気持ちが胸に込み上げて

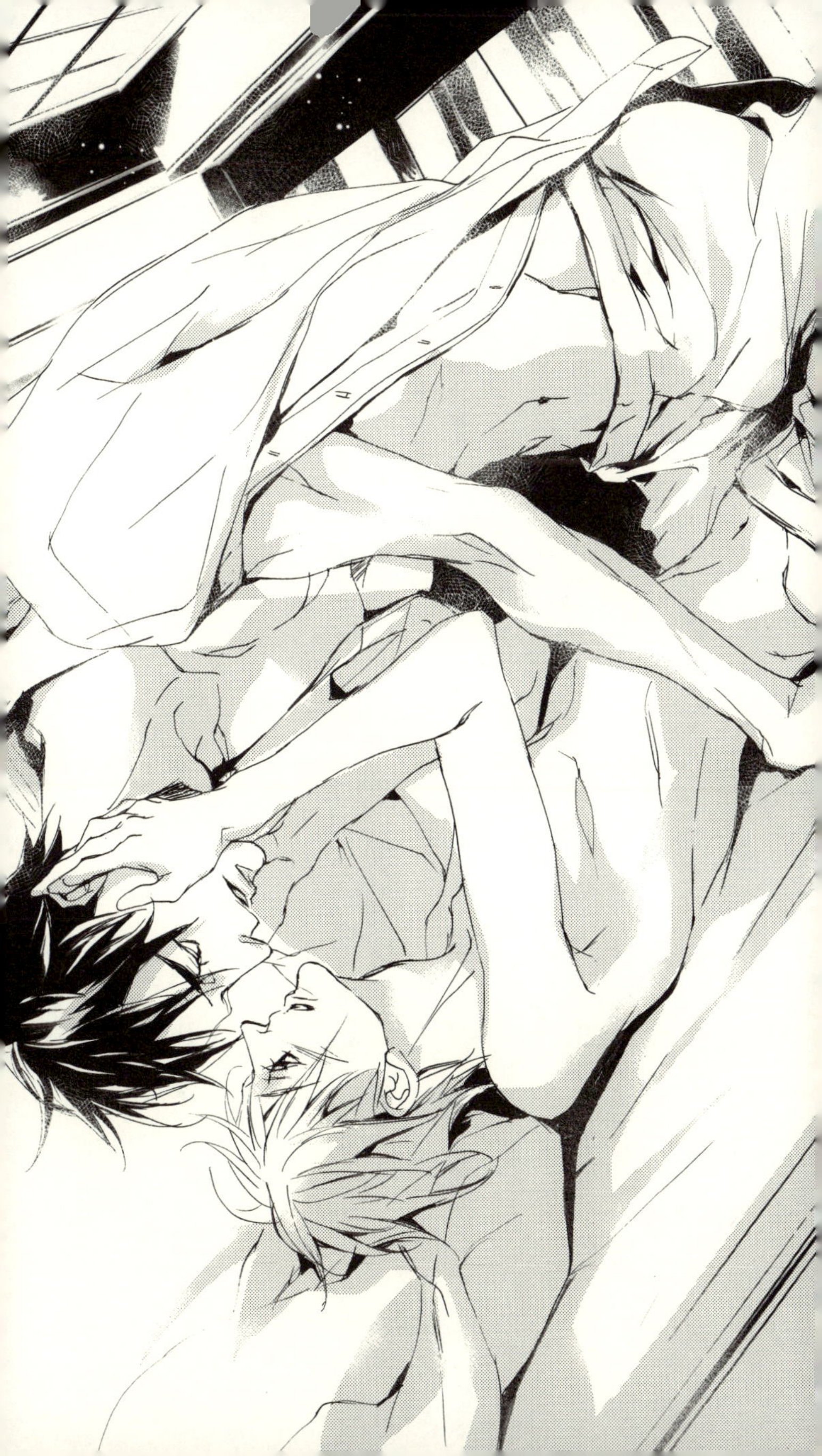

くる。

「いるよ、ずっと。当然だろ。これからも変わらずに、こんなふうに続けていこう」

上げた手のひらで両頬を包み、この気持ちが伝わるようにと、唇と顎の先にもキスをしながら見上げる。

照れているのか目を見開いていた成秋が、表情をふわりと優しくほころばせた。

「……ああ、そうだな」

恋人同士は、十年もつき合えば空気のような存在になるのだと聞いたことがある。つき合い始めた当初の情熱は薄れ、相手の存在に慣れて、いろいろなことが鈍感になっていくのだと。

それなら自分は変わり者なのだろうか。

こんなふうに成秋に触れられると、すぐに夢中になってしまう。慣れた指にたやすく溶かされて、ぐずぐずになってしまうのは、どこかおかしいのだろうか。

空気みたいに傍にいるのがあたりまえだけど、いないと物足りないし心許《こころもと》ない。

いないことを意識して、自分の内側がいっぱいになってしまう、誰よりも大切な人。

こんなふうだから、十年が過ぎたと言われても、あっという間のような気がするのかもしれない。

「もう、好きにしても？」

脇腹を撫でる指が、焦《じ》れているのだと教えてくる。

気難しくて不愛想でわかりにくいと他人は言うけれど、京にとっては誰よりもかっこよく見える、愛しくて可愛い男だ。

「どうぞ」

京は微笑みながら、熱が高まった成秋の身体を全身で受けとめた。


「成秋、そっちのページは終わった？」

「あともう少し。ここの文字のバランスが……なんかすっきりしない」

「じゃあそれはオレが組んでみるから、こっちの見開きに取りかかってくれないか？」

「……そうだな、これは京のほうがうまくやれそうだ」

月刊誌『プレジール』の、クリスマス特集号の作業が佳境に入ってきた。

締め切りが近くなると、時間の区切りなく仕事場に詰めるのは毎月のことながら、今月は増ページと言うこともあって、いつも以上に忙しない雰囲気が漂っている。

「そういえば、そろそろじゃないのか？」

次の作業に必要なデータを求めて立ち上がった成秋が、ついでのように声をかけてくる。

「なに？」

「相沢、今日、来るんだろ？」

壁掛けの時計を指さしながら指摘されて、京はモニターから上げた目を見開いた。

「そうだった！　なに、もうこんな時間⁉」

予定していたところまで進まなかった作業を保存して、京は作業場と同様に雑然としたソファセットのあたりを片付け始める。

大事な話があるらしいのだが、この慌ただしい時期にわざわざ時間を取ってくるとは、いったいどんな内容だろう。

あれこれと考えながら、なんとか客を迎えられるくらいまで片付けたところで、タイミングを見計らったように相沢が到着した。

緊張しながら玄関で出迎えた京は、差入れだと手渡された紙袋をありがたく受け取り、先に奥へ戻る。

成秋も揃ってソファセットに落ち着いたところで、こちらの状況がわかっている相沢は、余計な前置きもなく話をきりだした。

「じつは来年の夏あたりに新たなムック誌を創刊する企画が進んでいるのですが、デザイナーとして、ぜひ参加してみませんか？」

突然の話に京は目を丸くする。

成秋はコーヒーカップを口元に運んだまま、相沢をじっと見つめていた。

「それは願ってもない話ですが、もしかして相沢さんは、その新創刊のほうへ異動になるんですか？」

「いいえ。諸事情により『プレジール』とかけもちすることになります。それで弊社と取引のあるデザイナーさんに声をかけているところなのですが」

コーヒーカップをテーブルに戻した成秋が、おもむろに言った。

「どんな雑誌？」

雑誌と言っても、様々なジャンルがある。

京たちが毎月携わっている『プレジール』は、大きく分類するならば情報誌だ。そのほかには総合誌、専門誌、趣味・娯楽誌、子供誌などがあり、そのなかでもターゲットとする購買層や扱う内容によって、実に細かく分けることができる。

相沢の勧める北冬出版は、エンターテインメント系が強い出版社なのだが、新たにどんな雑誌を企画しているのだろう。

相沢はカバンからA４サイズの企画書を取り出すと、ふたりに向けてテーブルの上に置いた。

「ブランドムックです。詳しい資料は参加の意向を確認してからでないとお渡しできないのですが、概要はこちらに」

「ブランドムック!?」

思わず上げた声に、めずらしく成秋の声も重なった。

ブランドムックとは、主にファッションブランドのカタログや読み物に、限定付録がついているムック本だ。一時期に女性誌で流行した付録つき雑誌との差別化を図るためか、こちらはデザイン性や内容にこだわって作られている印象がある。

付録もトートバッグや折り畳み傘など、その種類は多岐にわたり、なおかつブランドの直営店でも購入できないオリジナルの品が、手ごろな価格帯で手に入るということもあり、特に女性に人気が高い。

近頃では、有名ブランドだけでなく扱うジャンルも広がりを見せており、不況と言われる昨今でも売り上げが期待できる分野のひとつだった。

かくいう京も、付録のエコバッグを目的に、有名なキャラクターの本を購入した経験がある。

「表紙とメインのページをお任せするデザイナーさんは、これから社内会議で決定することになります。いかがですか？　挑戦しがいのある話だと思いますが」

「それは……そうですが……」

京は隣に座っている成秋の様子を窺った。考え込むときの癖《くせ》なのだ。

成秋は顎に指を当てながら、真剣な表情で企画書を読んでいる。京はフォローするために口を開いた。

興味はあるのだが、決断するには情報が少なすぎるのだろう。京はフォローするために口を開いた。

「前向きに挑戦したい気持ちはあります。ただ、ご存知かと思いますが、うちはブランドや女性向けの仕事はあまり経験がありません。お任せくださいと言えるほどの実績がないのですが」

お洒落《しゃれ》に魅せるファッション誌と、流行や話題の発信源である情報誌とでは、求められるセンスが違う。

はなから無理だと萎縮《いしゅく》するつもりはないが、安易に引き受けることもできない。

期待される成果を上げられなかった場合は、次の仕事に影響がでる可能性もある。

ひとつひとつの仕事のクオリティを保つことで次に繋げてきた、小さな事務所なのだ。

些細なきっかけで状況が変わってしまう場合もあるとわかっていて、簡単に頷くことはできなかった。

だが相沢も、京たちの仕事の履歴は前担当からの引継ぎで知っているはずだ。そんなデザイナーのところにあえて話を持ってきたのはなぜなのだろう。

戸惑っていると、相沢は、はなから承知していると言いたげにニヤリと笑った。

「うちもそこまで冒険はしません。さらに明かすなら、第一弾で扱うブランドは、海外の名門デパートです。女性だけでなく幅広い層からの支持を得たいと考えています。そのためにファッション誌が得意なデザイナーさんではなく、幅広い要素を扱えるおふたりに話を持ってきたというわけです」

ムック誌の内容は、名門デパートの華麗な店内の紹介や、周辺の街の最新情報が中心になるとのことだった。

「名門デパートか……」

それを先に言ってくれればいいのに、相沢も人が悪い。

そういった内容ならば、京たちが持つスキルも十分に通用しそうだ。

名門店ならではの、長く受け継いできた格式や伝統がしばりになるかもしれないが、それを成秋なりにアレンジすればどんなふうに仕上がるのか見てみたい。

これが決まれば事務所にとっては大きな収穫だ。けっして現状に不満があるわけではないが、成秋のデザイナーとしての可能性をもっと広げていきたいと、常々思っていた。

心を動かされた京が、成秋の考えを確かめようと横を向いた、その時。

「やります」

相談するよりも先に、成秋が返事をしていた。

「できればメインでやってみたい。ぜひうちにやらせてください」

身体を前のめりにして相沢に告げる、その顔つきは真剣そのものだった。

その姿を、京は呆然と見つめる。

『デザインスタジオ・ＳＩ』を立ちあげてからの三年間。

成秋が結果をだしてくれたおかげで、最初は見向きもされなかった会社からも声がかかるようになり、どの仕事を引き受けるか選べるまでになった。

京を信頼しているから選択は任せると、自分は職人のように黙々と作業をこなすばかりだった成秋が、自らやりたいと選んだのはこれが初めてだ。

しかも京の意向を確かめることもしないで返事をした。

「市瀬さんも、異存はないですか？」

相沢に確認されて、まだ呆然としていた京は、はっと我に返る。

「あっ、あの……ですね……」

いまは打ち合わせ中だ。ぼんやりしている場合ではないと、京は心の中で呟《つぶや》いた。

悩むまでもない。成秋がやると言うなら断る理由はないだろう。

交渉事は自分の役割だ。

成秋が存分に仕事を打ち込めるよう、環境を整えていくのも京がやるべきことだ。

「そうですね、異存ありません。ただ『プレジール』も並行してだと、日程によっては作業が倍以上に増えるので、そのあたりが心配ですが」

「もちろん進行はこちらでも調整します。ですが、この際ですからアルバイトを雇うのはどうでしょう？」

「バイト……ですか」

思いがけない提案をされて、京はまじまじと相沢を見つめ返した。

「デザイン学校あたりに声をかければ、即戦力とまではいかなくても、有望な人材が見つかるかと」

そのくらいの稼ぎはあるだろうと、相沢は視線だけで問うてくる。

考えたこともなかった展開に、自覚している以上に戸惑っているのか、京はいつものように的確な判断を下せなかった。

確かにこの一年近くは、継続した仕事の他に単発の依頼も増えたせいか、休日返上で作業をすることも多かった。

多少の無理をすれば熟せるので、いままで問題にせずにやってきたが、相沢の言うとおりにアルバイトを雇えば、能率が上がるどころか仕事量も増やせるだろう。

そろそろ事務所はそういう時期にきているのかもしれない。

「確かにそのとおりなんだけど……」

頭では理解しているのに、感情でためらってしまうのは、仕事とは別の理由からだった。

ずっとふたりでやってきたこの作業場に、他の人間が加わるのは、果たしていいことなのだろうか。

ただでさえ『デザインスタジオ・SI』には、他人に広めたくない秘密がある。

それは自分たちが恋人同士であるという事実だ。

できることなら、余計な波風を立てそうな不安要素をここへ入れたくない。

けれどもこのままでは成秋の負担が増して、いまよりもっと無理をさせることになる。

気持ちが揺れて、正しい答えはどちらなのか選べないまま、膝《ひざ》の上で握りしめていた自分の拳をじっと見つめていると、

「市瀬さん」

いつもよりやわらかい声で相沢に呼ばれた。

「不躾《ぶしつけ》な提案をしてすみませんでした。困らせるつもりはなかったのですが」

「あ、いえ……」

相沢はゆっくりとした動作でテーブルの上のファイルを手に取ると、帰り支度を始める。

「まあ……選択肢のひとつですよ。まだ時間はありますので、おふたりで相談してみてください。では、近いうちにムック誌に関する追加資料をお届けにあがります」

「はい。よろしくお願いします」

荷物を持って立ち上がった相沢を、玄関まで見送る。

「締め切り前に時間を取ってもらって悪かったな」

その口調は、取引先の担当者ではなく、友人の気安さを含んだものだった。

「いや、こちらこそ話を持ってきてくれてありがとう。ちゃんとした返事ができなくてごめん」

成秋がめずらしく自らやりたいと言った仕事だ。万難を排してでもやらせてあげたい気持ちはある。

事務所としても新しい挑戦は歓迎するところだ。

現状を維持しているだけでは先細りするだけだし、継続している仕事だっていつ終了になるかわからない業界なのだ。せっかくのチャンスを他へ譲るのはもったいない。

いま抱えている問題は作業量と時間の調整だが、人手を増やすという解決策もある。

気を遣う場面が増えるのは覚悟しなければならないが、それも仕事のうちだろう。

ちゃんとわかっている。思考の上では答えに辿りついている。

それなのに答えを相沢に告げられない自分は、いったいなにをためらっているのだろう。

靴を履き終えた相沢の背中を黙って見ていると、相沢はドアノブに手をかけながら、ふいに振り返った。

「ためらう理由は、なんとなくわかる。いまがおまえたちの転機なのかもしれないな」

「……転機？」

意味深なことを言われて、ますます京は惑う。

「それ、どういうこと？」

「良くも悪くも、十年は長いってことだ」

もっとわからないと首を傾げても、相沢はそれ以上を教えてくれない。

自分でもよくわかっていないことが、相沢の立場からは見えているのだろうか。

「わからないけど、とにかく、成秋と話してみるよ」

「ああ、そうしろ」

新しい仕事。新しい人間関係。始めることでなにかが変わる。それはきっといいほうにも、悪いほうにも。

成秋が前へと進むなら、自分も同じ速度で歩くほかにない。

そうして共に生きてきた十年間を、これから先も同じように続けていくだけだ。

それがなにより正解なのだと、京は相沢を見送ったあとも、しばらくはそのままひとりで考え込んでいた。

仕事場に戻ると成秋はまだソファにいて、新雑誌の概要が書かれた企画書を熱心に読んでいた。テーブルに残ったコーヒーカップをキッチンへ運んでいると、ようやく気配に気づいたのか顔を上げる。

企画書を持ったまま成秋は京を手招いた。

「京、悪い。勝手に返事をして」

「べつに謝ることはないよ。自分からやりたがるなんて珍しいから、ちょっと驚いたけど」

「新しいことを始めたかったんだ」

隣に座ると、成秋に手を取られ、ぎゅっと力を込めてつながれる。

「……新しいこと？」

「俺たちは、そろそろ、もう一段上へ登ってもいいころだ」

きっぱりと答えた成秋の力強い声も、本気の表情も、京にはきらきらと希望にあふれているように感じた。

「ここ最近、考えてたんだ。いまは仕事も安定して、それに不満があるわけじゃないけど、このままでいいのかって思うこともあって」

いつになく饒舌《じょうぜつ》な成秋が、いったん言葉を止め、自分の言いたいことは伝わっているだろうかと確認するような目を向けてくる。

京は大丈夫だと頷いて、続きを促した。

「もっと欲張っていいんじゃないか。もっとずっと上を狙ってみてもいいんじゃないかって。そのための一歩が、この仕事になったらいいと思った」

だから新しいことを始めたいのだと。

これから先を見据え、後戻りのできない場所へ行くことになっても、自分の実力を頼りに歩きだしたいのだと語られた。

京は成秋のなかで起きていた変化にようやく気付いた。

『プレジール』の仕事を手がけ始めてから、約二年半。

雑誌の仕事は発行日が決まっているために、一か月間のリズムもおのずと決まってくる。

毎号変わる特集記事は、まだ新鮮な気持ちで取り組めるけれど、作業自体に慣れてしまったのは否めない。

京はそれも安定だと思っていたけれど、成秋は違ったのかもしれない。

だから変化を求めた。自分から新しいことを始めようと動きだした。

「……京？」

つないでいた手を揺らされて、考え事から目の前の成秋へと意識を戻される。

「どうした？　俺の言ったこと、訳がわからなかったか？」

「……ううん。ちゃんと伝わったよ」

困ったような顔をさせてしまったのが嫌で、明るく返そうとしたのに、つい言い方がそっけなくなってしまった。

当然、成秋は納得しなくて、ソファの上でもっと近づいて距離を縮められた。

「もしかして、京は反対だったたか？　新雑誌の企画は受けたくなかった？」

「そんなことないよ。おもしろそうな仕事だと、オレも思ったし。仕事に対して向上心があるのも、前向きなのもいいことだろ」

それに『デザインスタジオ・ＳＩ』は共同経営なのだから、成秋にもやりたい仕事を選ぶ権利がある。

独立してからいままで、それは京に任されることが多く、いつでも成秋にとっての最善を選んできたつもりだった。

だがずっと心の隅に引っかかっていることがある。

「でもさ、成秋、おまえ……本当はもっと大きな仕事がしたかったんじゃないのか？」

自分は本当に最善を選べていたのだろうか。

「……どういうことだ」

「だってさ、前の会社にいたころは、テレビでしょっちゅう流れるようなＣＭとかやってただろ。いまの仕事とは比べものにならないくらい派手なやつを」

大手の広告代理店に勤めていた成秋は、早いうちから大きな企画に加えられ、その実力を発揮していた。

当時の京は、仕事の大きさを比べても仕方がないと自分に言い聞かせ、むしろ成秋が頑張っている姿を励《はげ》みにしようとしていた。

それでも成秋が携わった広告の巨大看板を街中で目にするたびに、負けている気持ちになったのも、羨ましく思ったのも嘘《うそ》ではない。

もちろんすべてが成秋ひとりの成果ではなく、制作チームの一員だったにすぎなかったとしても、成秋が京の知らない世界にいたのは確かだ。

その事実は変えられないだろう。

「……確かに規模や予算の大きい、派手なことをやっていたかもな。だが俺が一度でも、昔のほうがよかったと言ったことがあるか?」

ついでに過去の嫌な出来事も思い出したらしい成秋は、くしゃりと顔を歪《ゆが》めた。

成秋の辛い顔は京にとっても痛いもので、無意識に繋いでいないほうの手をのばして、そっと髪を撫でる。

「ごめん、そうじゃなくて、言いたかったのは、そういう現場の雰囲気を肌で知っているからこそ、いまの仕事を物足りないと思ってるんじゃないかって」

この際だから訊いてしまおう。

ずっと遠慮をして訊けなかった、心の隅に引っかかっていたことを。

「ちゃんと訊いたことなかったけど……成秋はさ、独立して、失敗したな……と思ったことはない？」

「一度もない」

くいぎみに否定した成秋は、言葉を探すのが難しいのか、もどかしそうに眉を寄せている。

「京が傍にいて、好きなようにやらせてもらえて、不満などあるわけがない。後悔もない。失敗もしていない。俺はただ………」

「ただ？」

「物足りないとかじゃなくて、そうしてもいい時期だと感じたから、新しいことを望んだだけだ。あるのは前向きな気持ちだけで、京を不安にさせるとは考えてなかった。悪かった。これが俺の本心だ。京に、ちゃんと伝わってるか？」

京の心の奥まで見透かすように、じっと目を見つめられる。

その瞳の真剣さに、同時に成秋の心もしっかりと伝わってきた。

「……伝わってるよ」

京はこくりと頷いてみせた。

不満があるから新しいことを求めたのではないとわかって、京自身もほっと安堵《あんど》する。

「オレのほうこそごめんね。悪いように考えすぎてた」

本音で話をしたことで、成秋の想いを理解できた。

ずっと心に引っかかっていたことがほどけて、楽になった。

事務所の今後の方向性も決まり、前向きな気持ちで進めることになった。

いろいろなことが解決して、よかったはずなのに、どうしてだろう。

さびしいような気分が、胸に残って消えない。

「新創刊の件は、相沢に連絡しておくよ。あいつの言うとおり、ふたりで相談してよかったな」

「じゃあ、どうしてそんな顔をする。他にもなにかあるのか？」

いつも通りの顔に戻って明るく言ったつもりだったのに、成秋に見破られてしまった。

どんな心の揺らぎにも気づいてくれる。

そんな成秋の優しさが、いまは少し苦しい。

自分でもよくわからなくてすっきりとしない気分を、これ以上追及されたくなくて、京はにっこりと笑いながら、強引に誤魔化した。

「それはあるだろ。新創刊を引き受けるってことは、バイトの件も現実味を帯びてくるってことだろ。だから、どうしようかと思って」

「あー……そうだな。雇ったほうがやりやすいのは、事実なんだろうな」

成秋はいまだに京の手を握ったまま、憂鬱そうにため息をついた。

ふたりの関係を隠すための気遣いも重要だが、成秋にとってはもっと単純に、不得手な人間関係と立ち向かうことになるのだ。

「苦手な人間関係がついてくるとしても、新創刊の仕事を諦める気はないんだろう？」

「ああ」

「それじゃあ、成秋が言ってた、もう一段上へ登るためには必要な試練だと思って、頑張るしかないね」

「……試練とか言うな」

「ブランドムックもバイトも初めての挑戦だからね。とにかくやってみるしかないよね」

「そうだな」

前向きな言葉で成秋と頷き合うと、気分もだんだんと上がってくる。

理由のわからないさびしさは、きっと過去を振り返って感傷的になった名残《なごり》だろう。

成秋と抱き合って眠れば消える程度のものだと判断して、京はソファから立ち上がった。

「机をもうひとつ増やさないとね。オレが打ち合わせで外に出たら、バイト君とふたりきりになるけど、大丈夫？」

作業机が並んだあたりを指で示しながら訊ねると、成秋はまた重いため息をつく。

「必要なら慣れるしかない。いい歳をして、いつまでも苦手だと言ってられないからな」

「……成秋」

しかめた顔には難しい問題だと書いてあるが、発言はいつになく前向きだ。

不得手なことに立ち向かってでも、新しい仕事に取り組みたいというのなら仕方がない。

成秋の望みを叶えるために、京はできることをやるだけだ。

「わかった。じゃあ、なるべく性格重視で。気立てのいい子を選ぼう」

ここは成秋が気持ち良く仕事をするための場所で、それを守ることが最優先であることに変わりはないのだから。


それから一か月後のこと。

京と成秋は相沢に呼ばれて、北冬出版の小会議室を訪れていた。

『プレジール』のクリスマス特集号の作業を急いで仕上げ、相沢から届いた新雑誌のイメージを元にデザインをおこし、ラフ案を提出したのが一週間前のこと。

少し遅れて会議室に入ってきた相沢は、ふたりの顔を見るなり満面の笑みを浮かべた。

「決まったぞ！　新雑誌のメイン！」

「えっ!?」

そして言葉遣いが友人のそれに戻っていたことに気づいて、コホンと誤魔化すような咳《せき》払いをひとつする。

「失礼しました」

椅子を引いて京たちの向かい側に座ると、相沢はあらためて編集会議の結果について報告をしてくれた。

「いただいたラフ案を元に検討させていただいた結果、新雑誌のメインデザインをおふたりにお任せしたいとの声が最多数でした。お願いできますでしょうか？」

「もちろんです。喜んでお引き受けさせていただきます」

椅子から立ちあがった京は、編集会議で尽力してくれただろう相沢に、感謝をこめて深々と頭を下げた。

成秋は特に表情を変えずに頷いただけだったが、目が嬉しそうに輝いている。見た目だけではわかりにくいが、とても喜んでいるようだ。

いよいよ新しい一歩を踏みだすのだという手ごたえを感じて、京もいつになく気持ちが舞い上がっていた。

「それで、アルバイトの件はどうなりましたか？　相談されましたか？」

相沢に訊ねられて、椅子に座りなおした京が、成秋と相談した結果を伝える。

「雇うことにしました。できれば人柄を重視して選びたいと思っています」

「そうですか」

とりあえず雇うのはひとりなので、広く募集をかけるつもりはない。

京の昔の同僚に紹介を頼んでみようと考えている。

そう説明している間、相沢は胸の前で腕を組み、なにか考え込んでいるようだった。

「……相沢さん？」

「じつは私の従兄弟が芸大のデザイン科に通っているのですが、よければ一度会ってやってもらえませんか？」

「相沢さんの従兄弟……ですか？」

「はい。前々から、どこかいいバイト先があれば紹介してほしいと頼まれていまして。身内が言うのもなんですが、性格は素直で真面目なやつです。会ってみて、よければしばらくは雑用などやらせてもらって、使えると判断したら正式に雇っていただくということでどうでしょう」

思いがけない提案に、京と成秋はどちらからともなく顔を見合わせた。

相沢の紹介なら、身元も安心だし信用できる。

なにより身内だからといって贔屓《ひいき》目に褒《ほ》めるタイプではないので、その従兄弟はきっと言葉の通りの人物なのだろう。

京からすれば願ってもない話だった。

「どうかな?」

成秋の意思を確認すると、

「俺はかまわない」

おそらく同じようなことを考えていたようで、賛成だと頷かれる。

京は座ったままだったが、相沢へと頭を下げた。

「それじゃあ、お願いします」

「わかりました。では早めに連絡を取って、近々そちらに伺わせていただきます」

「あっ、従兄弟さんは、条件などの確認をしないで面接に来ることになりますが、かまわないのですか?」

「細かいことは会ってからでも大丈夫ですよ。使えそうにないと思ったら、遠慮なく追い返してもらって構いませんからね」

相沢はそんなふうに軽い調子で言うが、本当に追い返したくなるような人物を紹介するはずがないと知っている。

「会えるのを楽しみにしてますね」

アルバイトの件がいい方向へ進んだことで、京は少し気が楽になった。

続いてムック誌のこれからの進行予定を打ち合わせして、ふたりは大量の資料が入った書類ケースを受け取ると、最寄り駅までの道のりを歩いた。

「新しい仕事にアルバイトの面接かあ。なんだか動き始めたって感じだね」

「そうだな」

「このムック誌、相沢としてはシリーズ化を視野に入れてるそうだから、頑張らないとね」

「ああ。次に繋げるためにもな」

「それも大事だけどね」

「うん？」

「これが成秋の手でどんなふうに仕上がるのか、考えるだけでわくわくするよ」

「それはまた……」

駅の改札口が見えてきたところで、ポケットからＩＣカードを取り出していた京は、成秋のやけに機嫌のいい様子に気がついた。

「なに？」

「いや、わくわくしている京は、いつも以上に可愛いと思って」

「バッ……！」

バカじゃないのと大声を上げそうになって、慌てて口を噤《つぐ》む。

ここは公共の場だ。他人の目がある場所だ。

「……成秋」

「本当にそう思ってるぞ」

「だから、そういうことを言うなって」

「どうしてだ」

「どうしてもだよっ」

ここが人混みのなかでなければよかったのにと思いながら、京は先に改札を通り抜ける。

電車を乗り継いでマンションへ帰り着くまでの間、ふたりは手を繋ぎたいのを我慢しながら、他愛のない会話を楽しんだ。

北冬出版の会議室で打ち合わせをしてから、数日後の夕方。

約束どおりに相沢が、従兄弟を伴ってやって来た。

今日はあくまでもプライベートで、友人という立場なのだそうだ。

「相沢貴洋《たかひろ》です。芸大の三年生で、グラフィックデザインを専攻しています。頑張りますのでよろしくお願いします」

玄関のドアを開けて出迎えた途端に、貴洋と名乗った青年は深々と会釈《えしゃく》をしてきた。よほど緊張しているのか、なんだか動きがぎくしゃくしている。

「あ……こちらこそ。市瀬京です。よろしくね」

つられて緊張しそうになった京は、深呼吸をひとつして気を落ち着かせると、ふたりを仕事場へと招き入れた。

大学の講義が終わったあと、車で迎えに行った相沢と合流して直接ここへ来たという貴洋は、重そうにふくらんだショルダーバッグを肩から斜めにかけている。

学生らしい青いチェックのネルシャツに、カーキ色のカーゴパンツ。

容姿も体格も、従兄弟である相沢とはあまり似ていない。

京よりも小柄で、柔らかそうな淡い茶色の髪が、少女めいた顔立ちを包んでいる。

けれども女の子に間違われることはないだろう。

顔つきは柔和だが、意志の強さがほどよく前面に現れていて、まだ成長途中の美少年といった雰囲気を作りあげている。

なにより魅力的なのは、その大きな瞳だった。緊張しながらも、新しく飛び込んだ世界に期待を膨《ふく》らませているのか、キラキラと嬉しそうに輝いている。

「貴洋くん、荷物は適当なところに置いていいから、座って」

「はいっ。ありがとうございます」

はきはきと答える声も感じがよく、相沢から聞いていたとおりの素直な印象を受けた。

キッチンに入った京は、四人分のコーヒーを手早く淹れて戻る。

「成秋」

そしてまだ作業場の机に向かっている成秋を、わざと名前で呼んだ。

ふたりで相談して、普段どおりに名前で呼び合うことにしたのだ。

貴洋がいるときだけ苗字で呼ぼうとしても間違えそうだし、そのたびに言い直すほうがかえって不自然だろう。

つき合いの長い親友なら、そうおかしなことでもないだろうと、成秋の意見で決まった。

その成秋は、操作していたマウスを置くと、ようやくソファセットの近くまでやって来る。

「ほら、自己紹介」

背中を軽く叩いて促すと、低い声がぶっきらぼうに言った。

「祠堂成秋だ」

「あ……相沢貴洋……です」

言葉が少なくて愛想がないのは通常運転なのに、自分に原因があるのだと勘違いしたらしい貴洋に、相沢がフォローを入れてくれる。

「これが祠堂の普通だから気にするな。共同経営の話はしたよな。それで『プレジール』の特集ページを作ってるのが……」

「俺だ」

京と並んで座った成秋が答えると、貴洋は瞳をぱあっと輝かせた。

「あのっ、おれ『プレジール』は毎号買ってます！　特集ページは季節のテーマやイベントによってがらりと印象が変わってて、でもデザイナーさんの個性もちゃんと感じられて、どのテイストもすごく好きで、すごいなっていつも見るたびに思ってました。だから尊敬してます！　そっか、あなたがあの祠堂さんなのかあ……」

「こら、これから面接だぞ」

相沢に窘《たしな》められて今日の目的を思いだした貴洋は、慌ててしゃきっと背筋をのばすと、バッグから履歴書を取り出した。

「よろしくお願いします」

それを京が受け取って、さらりと目を通す。成秋にも渡そうとしたが、必要ないと掌《てのひら》を向けられたのでテーブルの上に置いた。

そろえた膝に手を置いた姿勢で固まっている貴洋を、成秋は無言でじっと見つめている。

「成秋」

呼びかけると、京にちらりと目線を向け、小さく頷いた。

どうやら成秋は合格をつけたようだ。もちろん京にも異存はなかった。

「それでは、とりあえずお試しでひと月ほど来てもらえますか？」

そう言うと、貴洋は大きな目を嬉しそうに見開きながら頷いた。

「はいっ。よろしくお願いします」

隣に座っていた相沢も、ほっとしたように力を抜いたのがわかる。

「よかったな。雑用でもなんでもいいから、こき使ってやってくれ」

「なんでもやります！　勉強させてください」

京は頷くと、事前に決めていた条件の説明に移った。

「こちらの希望は、週に三日ほどの出勤。基本的に土日が休みなので、それ以外の曜日で。開始時間は、大学の都合もあるだろうから、あとで相談しましょう」

「はいっ」

講義が早く終わる曜日もあるそうなので、締め切り前の慌ただしい時期や、貴洋のテスト期間など、お互いの都合に合わせて臨機応変に対応しようと考えている。

「それから、ここのやりかたに慣れたら、オレが『プレジール』でやっているページをまかせてしまいたいので、頑張って覚えてくださいね」

そうすれば手が空いたぶんだけ成秋のフォローに回れるだろう。

「おれが『プレジール』のページを……？」

「俺の担当でもあるからな。しっかりやれよ」

「朝《とも》にいの!?　うわ……これ、夢じゃないよね……」

貴洋は自分の頬を抓《つね》ってみるという古典的な確かめかたをしている。

それよりも気になったのが、相沢が年下の従兄弟から『朝にい』と呼ばれていることだ。微笑《ほほえ》ましい一面を暴露されて、どんな反応をするのかと、ちらりと横目で様子を窺ってみたが、相沢は澄ました顔でコーヒーを飲んでいるだけだった。

からかうネタにもさせてくれないとは、本当につけいる隙のない男だ。

「貴洋くん、いつから来られますか？」

「いまからです！　おれ、頑張りますから、ビシバシ使って鍛《きた》えてやってください！」

とても前向きな返事に、京は自然と笑みをこぼした。

「それじゃあ、お願いしようかな。今日は見学ということで、仕事場の説明から始めましょうか」

たいして広い仕事場ではないが、使用するパソコンや、コピー機や備品の場所など、覚えておいてほしいことを簡単に教えるつもりでソファから腰を浮かせる。

けれども横からのびてきた手に肩を押さえられ、なぜか成秋が立ち上がった。

「……成秋？」

成秋はよく見ないとわからない程度に眉を寄せながら、貴洋を手招くと歩きだす。

「来いよ。こっちだ」

「はいっ！」

素直な返事をした貴洋をつれて、ふたりで作業場に向かった。

どうやら成秋が自ら説明をしてくれるらしい。

相沢とふたりでソファに残された京は、呆然としながら呟いた。

「……成秋が自分から動いた」

ほんのさっきまで新たな人間関係の始まりが憂鬱だという顔をしていたのに、自分から積極的に貴洋の相手をするべく動いた。

それは京にとって驚きの出来事だった。

成秋らしくない。少なくとも京が知っているこの十年間ではなかったことだ。

うぬぼれるわけではないが、成秋が他人に対して積極的に動くのは、京に関係することだけだった。恋した相手を自分のものにしたいと、それだけを願って声をかけてきたあの日から今日まで。成秋の行動には、常に京という理由があったのだ。

けれどもいまそこにいる、貴洋に向かって言葉をかけている成秋は違う。

いままでの仕事に不満はないと言いながら、そうしてもいい時期がきたのだと、仕事の幅を広げることを望んで行動を始めた。

そのために、もう一段上へ登るために必要なことなら慣れるしかないと、苦手な人づき合いにも立ち向かっている。

人として前向きな変化は喜ぶべきことだ。

成秋が自らの成長を望んで変わろうとしているのならば、京はそれを見守り応援するだけだ。

わかっている。ちゃんと理解している。納得できている。

それでもどうしてなのか、京は春の日の花冷えのような寒さを胸の内に感じていた。

「……ねえ、相沢」

「なんだ？」

視線は成秋へ向けたまま、呟くように訊ねる。

「おまえの目から見て、成秋は変わったと思う？」

大学時代の成秋を知っている相沢の目に、いまの成秋はどう映るのか知りたかった。

「まあ、予想外だったな。あいつのことだから、貴洋のことは市瀬に丸投げして、作業以外は関わってこないだろうと思っていたからな。それが変わったというなら、そうかもしれない」

「……どうして変わろうとするんだろう」

独り言のような問いかけを、相沢は律儀に拾ってくれた。

「さあな。市瀬にわからない祠堂のことが、俺にわかるわけないだろう」

成秋を一番よく理解しているのはおまえだろうと言われて、京はため息をこぼした。

確かに相沢の言うとおりだ。成秋の一番近くにいるのは自分だという自覚も自信もある。

それなのに成秋のことを他人に訊ねているなんて、わからないことがあるなんておかしいのではないだろうか。

以前も感じたさびしいような気持ちに不安が重なってきて、京は無意識に胸元に手を当てていた。

「市瀬、まさかとは思うが、貴洋に妬いたりしてくれるなよ。責任を感じる」

「ああ、違うよ、そんなんじゃない。いい子が来てくれて本当によかったと思ってるから」

とっさに答えた言葉に嘘はない。

この気持ちに嫉妬のような焦がれる熱さはなくて、むしろ凍えて冷たくなっていく、そんな温度を含んでいる。

『これからも変わらずに、こんなふうに続けていこう』

そう言って笑って抱き合ったのは、ついこの間のことなのに。

「もっと上を狙ってもいい時期だって、言ってたんだよ。だからなんだろうね」

「祠堂が？　そんなことを？」

「うん。元々そう言えるだけの実力も才能もあるやつだろ。いまになって仕事に対する欲求が増えてきたんじゃないかな」

本人に言えば否定されるだろうけれど、本来の成秋はこんな小さな事務所に収まっているような男ではないのだ。

パソコンのモニターの前で、隣に並ぶ貴洋からの質問に答えている成秋は、相変わらず愛想はないものの、それでも熱心に向き合っているのが京にはよくわかった。

「京、どうかしたのか？」

成秋の顔がいきなり目の前に迫ってきて、京はびくっと肩を揺らすほど驚いた。

「わっ、あ……っと……」

ここは成秋の部屋だ。

相沢たちが帰ったあともさびしいような気持ちが抜けなかった京は、とりたてて急ぎの作業がないのを理由に、そのまま仕事を切り上げた。

気分転換がしたくて夕食は手の込んだ料理を作り、そのあとは交代で入浴して、成秋の部屋で一緒に映画を観ることになって、いまに至る。

「べつに、なんでもないよ」

「なんでもなくはないだろう。ずっとぼんやりしてたぞ」

楽しみにしていた映画なのに、画面をただ目で追うだけで少しも頭に入っていなかったことに気づかれたようだ。

ソファを置くほど広さに余裕がないため、並んでベッドにもたれていた成秋が、覗き込んだ顔をもっと近づけ、こつんと額をぶつけた。

「なにを考えてた？　話してみろ」

「……成秋」

なにをしていようと京のことをちゃんと見ていて、気持ちが揺らいでいることに気づいてくれて嬉しい。

心配してくれるのも、それを態度で伝えてくれるのも嬉しい。

話せと言われたら、いままではなんでも話してきた。胸の内をさらけだすのに抵抗はなかった。

けれどもいまはなぜか、そうすることができなかった。

成秋の意識が変わったこと、目指す先を見据えて動きだしたことを理解しながら、全力で応援できない自分がいる。

誰よりも成秋のことを信じて支えなくてはいけないのに。

一番の味方でなくてはいけないのに。

いままでのように足並みを揃えて、これからも一緒に歩いていかなければならないのに。

それなのにいまの京は、理由はわからないけれど、まるでその場にひとりで立ち止まっている。そんな気分だった。

成秋に言えば、傷つけてしまうような気がする。

わからないまま抱えているこの気持ちとは別に、成秋の前向きな変化に水を差すような真似はしたくないのも、偽りのない本心なのだ。

だから言いたくない。この気持ちをうまく伝えられる自信がない。

迷っているのに、いつの間にか京は、触れ合う額はそのままに成秋の腕の中に捕らえられていて、成秋は話してくれるまでじっと待っているといった様子だ。なんでもないと誤魔化して逃げられそうにない。

楽しみにしていた映画もうわの空になるほど考え込むこと。理由として不自然ではないことを、京はめまぐるしく思考を巡らせて考えた。

「……えーと、その……貴洋くんのことだけど」

「相沢貴洋？」

額を離して顔を覗き込んできた成秋が、訝《いぶか》しげに目を細める。

「あいつのことで、なにか気になることがあるのか？」

「気になるというか、その……彼がここに出入りするうちに、オレたちの関係に気づいたら、どう思うのかなって。相沢は理解してくれたけど、貴洋くんは違うかもしれないだろ。せっかくいい子を紹介してもらえたのに、それが理由で来てくれなくなったらさみしいなあって」

とっさに思いついた理由だったが、そちらの問題もあったのだと京はげんなりした。

「考えすぎだ。実際に気づくかどうかもわからないのに」

「そうだけど、でもなにかしらの対策は必要だと思う。オレ……近くにアパートを借りようかな」

ふっと頭に浮かんだことが、よく考える前に口をついてでる。

「……どういうことだ」

成秋にとっても唐突だったようで、唸《うな》るような声とともに、その眉間に深いしわが刻まれた。

「そうだよ、ここは仕事場を兼ねた成秋の住居で、オレは別のアパートから通勤してることにしたほうが、オレたちは親友で共同経営してるだけだって信憑《しんぴょう》性が増すだろう？　結構いい案じゃない？」

不便なのは貴洋がアルバイトに来る日だけだ。

それ以外はいままでどおりに京もここで過ごせばいい。

ずっと考えていたわけではないけれど、言葉にしてみると、悪くない提案のような気がしてきた。

独立したての不安定なころならばともかく、お互いにそれなりの収入があるのにいつまでも同居を続けていると、人によっては不自然に感じることもあるだろう。

そこから疑われて、隠してきた関係が公《おおやけ》にならないとも限らない。

噂が広がって、成秋のデザイナーとしての未来を脅《おびや》かす羽目になるかもしれない。

そんなことになるくらいなら、周囲に対して慎重すぎるほどに用心して、疑われるようなまねは極力避けるべきだ。

これもきっと事務所としてもう一段上へと進むために、必要な成り行きなのだろう。

京はそんなふうに考えたのだが、

「その必要はない」

成秋に、ばっさりと切り捨てられた。

「どうして?」

「週に三日しか現れないやつのために、京がそんなことをしなくていい。どうしてもというなら、俺が出ていく」

「え……っ」

成秋の冷静な声が、ぐさりと胸に刺さったような気がした。

偽装別居を持ち出したのは自分なのに、成秋の口から「出ていく」という言葉がでただけで、指先から身体が冷たくなっていく。

「オレはだめで、成秋ならいいのか? どうして?」

離れてもいいなんて、たぶんいままでの成秋なら言わなかった。

こんなことでも成秋が変わろうとしている事実を感じるとは驚きだった。

いまの成秋にとっては、暮らしの変化すら許容範囲内で、平気なことで、たいしたことではないのかもしれない。

どんな顔をすればいいのかわからなくなって俯くと、とたんに成秋の胸へ頭を強くひき寄せられ、ぎゅっと抱きしめられた。

「そんな顔をするのはずるいだろ。一緒に暮らせないと、先に言ったのは京だ。なら俺がどんな気持ちになったかもわかるよな？」

成秋の言うとおりだ。

自分から持ちだした話で勝手に傷ついてへこむなんて、ただのバカだ。

「……うん」

京は素直に謝った。

「ごめん、成秋」

すると許してくれたのか、成秋の手が京の後ろ髪を何度も撫でてくる。

「相沢貴洋に気づかれないよう、来ている間は親密な行動を慎む。共同経営者らしく自然に振る舞う。だから離れるなんて言わないでくれ」

「……うん。本当にごめん」

そうして偽装別居の件はない方向で話は終わったけれど、京の胸に生まれた不安は、小さな棘《とげ》となって片隅に残った。

華やかに飾りつけられたイルミネーションで街はキラキラと輝き、季節は本格的なクリスマスシーズンに突入していた。

年内に終わらせないといけない仕事や、年末進行の影響で前倒しに片づけなければならないことも多くて、京はずっと忙しさに追われている。

今日も出版社で相沢とブランドムックの打ち合わせだった。

予定として、来年の夏から隔月で第六弾まで発行し、その後は売れ行き次第で続行かどうかを決めることになったそうだ。

第一弾は、海外の老舗《しにせ》デパート。

読み物の内容は、その国ならではの暮らしや街並みの様子、デパートで扱っているアイテムのカタログや、プレゼント企画など盛りだくさんだ。

表紙とメインになる店内の紹介と、最新アイテムの特集ページを成秋が担当し、そのほかを数名のデザイナーで分担する。

デパートが持つブランドイメージやカラーを基本にしながら、成秋なりの個性とセンスが加わればどんなふうに出来上がるのか。

京はいまから楽しみだった。

「あと、こちらは『プレジール』の資料です」

「バレンタイン特集のですね」

枚数を確かめてから封筒に戻す相沢の目の下にはクマができていて、京はつい言ってしまった。

「疲れてるね」

「ああ……まあ。年末だしな。忙しいのはお互い様だろ」

「うちは単発の仕事を控えたりして調整してるから、それほどでもないよ」

苦笑すると、相沢は深いため息をついた。

「……たまに、俺はなにをやってるんだろうと思うことがある」

遠い目をする相沢は、普段のできる男とは違ってどこか儚《はかな》げで、京は心からの同情を覚えた。

この時期の編集者は、まさに地獄のような忙しさなのだ。年末の仕事納めまで、まともな休みは取れそうもないらしい。

クリスマス特集号を編集して誰よりも情報を持っているはずなのに、仕事が山積みでそれどころではないのも哀れだった。

「ちゃんとごはん食べてる？　なにか差し入れしようか？」

「いや、お気遣いなく」

「じゃあ、落ち着いたら、栄養のあるものでも食べに行こう」

「そうだな。連絡する。そっちはどうだ？　うちのは、少しは役に立ってるか？」

「うちの？　ああ、貴洋くんのことか」

従兄弟を表すにしては親密な呼び方に、一瞬、誰のことだろうと迷ってしまった。

「よくやってくれてるよ。覚えが早くて助かってる」

「祠堂とはうまくやれてるか？」

「貴洋くんのほうが物怖じしないから、成秋もやりやすいみたいだ」

それは成秋にとっても予想外のことだったようだ。

最初のころは、貴洋に作業の指示や説明をするたびに、態度がそっけなかったか、言葉が足りなかったかと気にしていた。

だが貴洋が言うには、成秋は寡黙《かもく》で冷静な人だとわかっているので、態度がそっけなくても気にしない。言葉が足りないときは、ちゃんと自分からわかるまで質問をするので大丈夫なのだそうだ。

余計な気を遣わなくてよくなったせいか、楽になったと成秋は少しばかり嬉しそうにしていた。

「そうか、よかった」

「うん」

期待していた以上に仕事の能率が上がった。

相沢が進めてくれたとおりにアルバイトを雇ってよかった。

働き者で素直な青年を紹介してもらえてよかった。

いいこと尽くしで、へたに文句を言ったら天罰が下りそうだ。

ふとそんなことを投げやりに考えて、京は我に返った。

まただ。すべてが順調でうまくいっているのに、なぜかひとりだけ立ち止まっているような気分に襲われる。

いまだに原因がわからないので、解決の糸口もつかめていない。

体力的にもそうだが、このところ気持ちが休む暇《ひま》もないままずっと走り続けているような状況なので、疲れが溜《た》まっているのだろうか。

「……市瀬さん？」

「えっ、あ、はい」

「市瀬さんもお疲れのようですね。いまはとにかく、この年末を無事に乗り切りましょう」

「そうですね。お互い頑張りましょう」

互いを励まし合って打ち合わせは終了し、京は成秋へと託《たく》されたたくさんの資料を抱えて『デザインスタジオ・ＳＩ』に戻った。

廊下を抜けて仕事場のドアを開けると、そこはさっき歩いてきた真冬の寒さとは違って、南国のように暖かい。

厚着をして着膨れするのを嫌がる成秋のせいで、仕事場のエアコンは、冬になると常に電源が入りっぱなしになっていた。

温もった空気が、冷えきった頬にちりちりと染みてくる。

作業場の奥では、成秋が机の横に立つ貴洋に作業の指示を与えているところだった。

大学が冬休みに入ったので、貴洋は忙しいこちらの都合に合わせて毎日来てくれている。

打ち合わせなどで外出することが多くなった京の代わりに、成秋の作業をよく手伝ってくれていた。

貴洋にはとても助けられている。

いまではこの事務所にとって十分な戦力だ。

そう考えている端から、また胸の奥がどんよりと曇ってくるのを自覚して、京は慌てて気持ちを切り替えようとした。

べつに貴洋に嫉妬しているわけではないと思う。

貴洋の成秋を見るまなざしには、恋愛が絡《から》んだ熱っぽさを感じない。

接する時間は成秋と比べて少ないが、同じくらいに京にも懐いてくれている。

心が揺れるような要素はどこにも見当たらないのに、今日はなぜか、なかなか気持ちが上手く切り替わらない。

それどころか、京が戻ったことにも気づかず、熱心に話し込んでいるふたりを見ていると、ただ仕事に集中しているだけだとわかっているのに、疎外感がわいてきた。

京はわざと音を立ててドアを閉め、部屋に入った。

「ただいま」

「あっ、市瀬さん、おかえりなさい」

「おかえり、京」

成秋は目線をちらりと向けただけで、すぐに手元の用紙に意識を戻す。

そっけない態度を物足りなく感じるけれど、仕方がない。

成秋は、貴洋にふたりの関係を気づかれないように振る舞っているだけだ。

約束を守っているだけで、仕事が終われば京だけの恋人に戻る。

すべてわかっていながら、それでも心ではさみしいと感じてしまうのだから、自分は救いようがないほど愚かだと思った。

京は自己嫌悪しながら、持ち帰ってきた資料をひとまず自分の机に置く。

成秋が見ていた用紙は、出来上がりを確認するためにページをプリントアウトしたものだった。

一緒に見ていた貴洋が、困った顔で説明を続ける。

「指示通りにしたら、ここと、ここがはみ出るんです。朝大さんは綺麗に収まるように調整したと言ってたんですが……」

どうやら相沢のレイアウトと実際の出来上がりに誤差があるらしい。

めったにミスなどしない男だが、あの疲れようでは無理もない。京は心の中で相沢に同情し、年末進行の脅威に怯えた。

成秋は顎に指を当て、無表情で用紙を眺めている。

けれど京には、成秋が考えていることがだいたい読めていた。相沢のミスなら、面倒だから本人に丸投げしてしまおうという気持ちが半分。こちらで修正できるものなら、さっさと片づけてしまいたいのが半分といったところだろう。

しばらく考え込んでいたが、どうやらセオリーどおりに相沢に確認してから対処することにしたようだ。

用紙を貴洋に戻して指示を与えようとする、その前に、

「朝大さんに連絡ですね。すぐに取りかかります」

貴洋は朗らかに答えて頷いた。

「ああ、頼む」

そのやり取りに、京は己の目を疑った。

貴洋は成秋の少ない表情やしぐさから、与えられる指示をくみ取ったのだ。

そんなことができる人間は、自分しかいなかったはずなのに。

一か月のお試し期間を終えて、正式にアルバイトとして採用された貴洋は、いまではこの事務所にすっかりとなじんで、貴重な戦力になっている。

素直で努力家なのが最大の長所だと思っていたら、覚えは早いし応用もきくし、手先も器用で仕事が早い。

最初は苦手意識を堪えながら傍に置いていた成秋も、いまでは身構えずに相手ができるので楽なようだ。

相沢が紹介してくれた貴洋は、期待以上の好青年だった。けれども、たった数か月で成秋の表情が読めるようになるほどだとは思わなかった。

自分だけが特別だと思っていたのは、間違いだったのだろうか。

成秋のことを理解できる人間は他にも大勢いるのに、そうではないと勝手に思い込んでいたのだろうか。

なんだろう、この感覚は。足元が定まらなくて、ぐらぐらと揺れているような気がする。

「京？」

呼ばれて、はっと顔を上げると、成秋が目線でどうしたのかと訊いてきた。

コートも脱がずにぼんやりと立っていたので、不審に思ったようだ。

「なんでもない」

とりあえずコートを脱いで無造作に椅子の背にかけ、パソコンの電源を入れて仕事をしようとしたのだが……なにをすればいいのかわからなくなった。

今週分の会計処理。

新たに依頼された仕事内容のチェックと、先方への対応。

事務所を留守にしていた間にかかってきた電話で、折り返し連絡が必要な相手には、急ぐ順番にかけ直して、届いたメールのチェックもして。

相沢から預かってきた『プレジール』用の資料は成秋に渡して、打ち合わせてきたブランドムックの件を伝えて。

やることは山ほどあるのに、どれにも手をつけられないでいると、

「京！」

もう一度、強い調子で名前を呼ばれた。

ちょうど相沢との電話を終えた貴洋もこちらを見ている。

気遣うようなまなざしが、京のなかでぐらぐらと危うくなっているものを揺らして。

急に耐えがたいようないたたまれなさに襲われて、京は手近にあった財布だけをつかむと立ちあがった。そして、

「ちょっと買い物」

言ってくると最後まで言う前に足は動いていて、暖かい仕事部屋から外へと逃げだした。

マンションのロビーを出た途端に冷たい北風に吹かれて、コートを着ていないことに気づいた。

けれど取りに戻る気にはなれず、京はそのまま目的もなく歩きだした。

仕事をさぼっている罪悪感はあるけれど、一歩ずつ仕事場から遠ざかっていくその歩みは止まらない。

こんなことをしている時間も余裕も、いまの自分にはないのに。

年内に終わらせなくてはならない仕事をひとつひとつ数え、それを何度もくり返しているうちに、どれくらいの時間が過ぎていただろう。

すっかり身体が冷えてしまってから、ようやく京はその歩みを止めた。

早く帰らなければいけないのはわかっている。

自棄《やけ》になりきれないのは、そういう性格なのか、社会人として背負うものを捨てられない小心者だからなのか。

目的もなく歩くことを諦めた京は、仕事場へ戻る前にもう少しだけ頭を冷やしたくて、目についたコーヒーのチェーン店に入った。

それはよく利用している近所の店で、思っていたほど遠くまで来ていたわけではないと知り、ひとりで苦笑した。

エスプレッソコーヒーを買って窓際のテーブルに座り、ほわりと湯気がたつそれを一口飲むと、いつもより苦い味が舌を焼く。

けれどもおかげで少しずつ気分が落ち着いてきて、窓の外へ目を向ける余裕もでてきた。

向かいの雑貨店の入り口には、モミの木のクリスマスツリーが飾られている。

おもちゃを模《かたど》ったオーナメントと、色とりどりに点滅するイルミネーション。

急ぎ足で舗道を歩いてきたサラリーマン風の男性が、ツリーに目を止めて、ふっと表情を和らげた。

そういえば今年はまだ仕事場にツリーを飾っていない。外出していることが多くて、年間行事にまで手が回らなかった。

成秋に頼めば納戸から出しておいてくれるだろうし、飾りつけには貴洋がいる。たいした手間ではないし、ちょっとした息抜きになるだろう。

ツリーに目を輝かせる貴洋と、そんな様子を黙って見守る成秋の姿を想像した京は、無意識に深いため息をついていた。

いまごろふたりは、何事もなかったように作業を続けているのだろうか。

成秋は追いかけてこなかった。

きっと買い物だと言ったのを信じたのだろう。

それとも貴洋がいたから追えなかったのか。

休みもままならない忙しさなので、仕事を優先させたのだろうか。

いろいろと考えていると、またため息がこぼれそうになって、とっさにコーヒーを飲んだ。

こんなふうに仕事から逃げ出したのは初めてだった。

「……疲れてるのかな」

ぽつりと呟きがこぼれる。

独立してからいままで、ずっと走り続けてきた。

まだ早い。まだ若い。そんなに簡単にやっていけるような業界ではない。粋がっても無理だ。失敗するのは目に見えている。考え直せ。冷静になれ。

そんなふうに忠告してきたやつらを見返してやりたくて、ひたすら仕事に打ち込んできた。

走り続けることに疲れたのだろうか。

人手を増やして余裕ができたせいで、余計なことを考えるようになったのだろうか。

飲むたびにカップの中身は残り少なくなって、店を出るための、帰るためのきっかけになろうとしている。

これからどうするのか頭ではわかっているのに、京は途方に暮れていた。

「……帰りたくないなあ」

せめて貴洋が帰るまでは時間をつぶしていたいが、さすがに夕方までにはメールチェックを済ませないとまずい。

最後の一口を飲み干せなくて、ぐずぐずしていると、

「市瀬」

ふいに誰かに名前を呼ばれた。

つられて声のしたほうへ振り向くと、店内に黒いウールのコートを着た相沢が立っていた。

「相沢、こんなところでどうしたの？」

数時間前に打ち合わせで会ったばかりだ。

「取材先へ移動中。まだ早いからコーヒーでも飲もうと思ってな。おまえも打ち合わせか？」

「……いや」

「仕事じゃないのか？」

「まあ……ちょっとね」

すぐ近くに仕事場があって、忙しい時期だと知られている相手に、ひとりでぼんやりとコーヒーを飲んでいても自然だと思わせる言い訳が、とっさに浮かんでこない。

曖昧に笑って誤魔化そうとしていることに気づいたのだろう。

「急がないなら俺につき合ってくれないか？　もう一杯くらい飲めるだろう？」

相沢は返事も待たずに二人分のコーヒーを買ってきた。

奢りだと差しだされ、礼を言って受け取ったそれはミルクが多めのカフェオレで、疲れた体に優しそうな甘い香りがする。

「それで？　祠堂とケンカでもしたのか？」

「そんなのしてないよ」

ケンカなら、きっとまだよかった。

衝突してでも想いを主張し合って、謝って抱き合ったら、仲直りもできる。もやもやした気持ちも成秋に晴らしてもらえただろう。

「そうか。じゃあ迎えに呼んでやるよ」

「いい。呼ばないで」

コートのポケットから私用のスマートフォンを取り出した相沢を、慌てて止める。

相沢は本気で呼ぶつもりはなく、どうやら鎌をかけただけのようで、京の反応を確かめるとそれを元に戻した。

「深刻そうだな」

「そんなたいしたことじゃないよ」

「話してみるか？」

遠慮はいらないと促されて、京の心が揺れる。

本当はずっと誰かに話したかったのかもしれない。

いつからか抱え込んでいる、自分でも理由がわからない感情を、声にして吐きだしてしまいたかったのかもしれない。

こうして向かい合わせで飲み物を飲んでいると、初秋のころにふたりで食事をしたときの、あの寛いだ時間を思いだす。

目の前にいるのは自分の事情を理解してくれている友人なのだと思ったら、つられて心が緩んでしまった。

「最近……忙しくて疲れてるせいなのか、なんだか気持ちに余裕がなくて」

こんな愚痴めいた話を訊かせていいのか迷った京が、俯きがちだった顔を上げると、相沢は目線で続きを促してきた。

「頭では理解しているのに、心がついてこないというか、後ろ向きな気持ちになってしまうというか……。それで、いまも自己嫌悪でへこんでた」

「具体的には？」

「えっ？」

「頭では理解しているのに、心がついてこないことって、具体的には？」

自覚があるのは、たぶん成秋の変化が始まったころからで、先ほどの仕事場での出来事も含めて、辿っていけばいくつもでてくる。

相沢も暇ではないのに、こんなことにつき合わせて本当にかまわないのだろうか。

「オレは、正直なところ、聞いてもらえるだけでも助かるけど、相沢にはきっとつまらない話だよ？」

「そういう巡り合わせだろうから、気にするな」

「巡り合わせ？」

「市瀬がへこんでるところに、俺が居合わせた。ただの偶然だが、それも縁だろ」

そもそも相沢がこの店に立ち寄ったのは予定外だったたし、コーヒーを飲みながら話ができるような時間の余裕もなかったはずなのだ。それが不意の予定変更でこんなふうに向かい合っている。

大学時代も面倒見のいい男だったが、成長した相沢は、それ以上に情の厚い男になっていたようだ。

「相沢はかっこいいなあ」

「やめてくれ。見当違いの嫉妬で祠堂に睨《にら》まれるのはごめんだ」

心底嫌そうに返されて、そんな成秋の姿が想像できてしまった京は、無意識に苦笑していた。

「そんなに心の狭い男じゃないよ」

「それは冗談だよな。おまえに関しては呆れるほど狭いだろうが」

「……そうかな」

つい先ほどの出来事のせいか、京のなかで信じていたものが頼りなく揺らいでいる。

「市瀬？」

「オレの思い違いってこともあるかもしれないよ。ここでさぼってたのも、それでいたたまれなくなったからだし……」

「その、いたたまれなくなった直接の原因は？」

あくまで訊きだそうとする相沢に、京は観念した。

「さっき貴洋くんから電話があっただろ？」

「ああ、俺が指定をミスした件か」

「貴洋くんから相談されたとき、成秋は修正を相沢に丸投げするか、こちらで片付けてしまうか迷ってた。結果がその電話で確認だったんだけど、驚いたのは、貴洋くんが、成秋から指示を受けなくても、成秋の考えを正確に読み取ったことなんだ。そんなことができるのは自分だけだって思いこんでたから、なんか……」

話している途中から、相沢が目を見張っていたことに気づいた。

「うわ……いま話してて、自分でもちょっとどうかと思った。ほんと些細なことで、バカみたいだ。巻き込まれた貴洋くんにも、申し訳ない」

あんなに呆然とするほど気持ちを動かされたのに、冷静に言葉にしてみると、本当に小さな出来事だ。

きっと相沢も、忙しいのにわざわざ聞くほどでもなかったと呆れているだろう。

そんなふうに思ったのに。

「バカなものか」

「え？」

「いいか悪いかは別として、祠堂のことを理解できるのは自分だけだってことが、おまえにとってはそれだけ重要だったんだろう。価値観を変えられたら、誰だって己の芯がぐらつくし、迷いもする」

そう言うと、相沢は深く息を吐いた。

「おまえたちは、あれだな。狭い巣穴の中で身を寄せ合って生きてきた小動物のようだな。世界はふたりだけで完結しても不都合はなかったから、ずっとお互いだけを見ながら、いままでやってきたわけだ」

「そう……なのかな」

当人たちに自覚はなかったが、外側からはそう見えるのか。

成秋も小動物に例えてしまう相沢の感覚はわからないが、あの仕事場は、自分たちにとってまさしく巣穴だったのかもしれない。

成秋と京と。ふたりだけで完結していた、狭くて幸せな世界。

それも悪くないと心惹かれてしまう自分を自覚して、不健康な思考だと京は苦笑した。

「そんな巣穴に新しいやつが加わったら、違和感が生まれるのも当然だろうな」

「でも、迎え入れたのはオレたちだ。貴洋くんが来てくれて助かってる。本当にそう思ってるよ」

「居場所を取られたって感じたことは？」

「それは……」

京はとっさに否定できなかった。

外出から帰ってきたとき、作業場にいるふたりを見て感じたあれは、確かに疎外感だった。

「最近は打ち合わせで外出も多いから、成秋の手伝いができるのはいいなと思ったけど。でもそれは嫉妬じゃないし、仕方がないって納得もしてる」

自分が担当している『プレジール』のページを貴洋に引き継いだら、成秋のブランドムックの作業を手伝うつもりでいた。そのために雇ったアルバイトだった。

けれども実際は、京は年末という時期もあって外出しなければならないことが多く、ブランドムックの手伝いも貴洋に頼んでしまっているような状態だ。

スケジュールの管理もしているので、作業がどの程度まで進んでいるか把握《はあく》はしているけれど、成秋が描いたラフ画すら見られていないのだ。そんなことはいままで一度もなかった。

相沢は温くなったコーヒーを飲むと、さっきまでと声の調子を少し硬く変えて言った。

「市瀬は、どうしてデザインをやらないんだ。やめたのか？」

「え？」

言われた意味がよくわからなくて、京は首を傾げた。

「やめてないけど？　事務仕事とか、他にもやることがいろいろとあるから、いまはそっちを優先してるんだよ」

「でも、最初からそうだったわけじゃないだろう？」

「最初は……どうだったかな」

『デザインスタジオ・ＳＩ』を立ちあげたころを思い出そうとすると、

「そこから先は俺にまかせてもらおうか」

棘のある低い声が、空気を断ち切るように乱入してきた。

声にひかれてそちらを見れば、そこにいたのは成秋で、手には京のベージュのコートを持っている。

「……成秋」

「迎えに来た」

成秋は持っていたコートを京に差しだすと、相沢に対して剣呑《けんのん》なまなざしを向けた。

「これも打ち合わせか？」

「いや、聞いていたなら、わかるだろう」

相沢はなぜか含み笑いを浮かべている。

「祠堂、俺は市瀬が作るデザインの、繊細でいながら芯の通った真っ直ぐな強さが好きなんだ。いまの話を聞いて気づいたのなら、いつまでも甘えてないでなんとかしろ」

そして、まるで成秋を責めるような口調で言った。

成秋にはそれだけで通じたのだろう。意味ありげな視線が絡み、一触即発の雰囲気になったが、

「帰るぞ」

先に目を逸らした成秋が京の腕をつかみ、席を立つように引っ張ると、さらうように店から連れ出した。

「成秋、ちょっと待って」

休む間もないほど急がしいのに話を聞いてくれた相沢を、飲みかけのコーヒーと一緒に残してきてしまった。

事務所のあるマンションへと向かう間、成秋は一言も話さず、京を見もしない。

ロビーに入り、エレベーターのボタンを押したところでようやく力が緩んだので、京はつかまれていた腕を振りほどいた。

「成秋っ」

「あいつとふたりだけで話したいことが、まだあったか?」

京に向けるまなざしが、苛立ちのせいか鋭く尖っている。

成秋は怒っているのか。

それが愛ゆえの嫉妬だとしても、あんな態度をとるのは許せない。

「オレは怒られるようなことはしてない」

怒りに対抗するつもりで言うと、成秋はなぜか痛いように京から目をそらした。

「……京は……」

「なに?」

「……最近の京は、変わった。前は京のことならなんでもわかったのに、いまはよくわからない。なにか言いたそうにしているのに、訊いても、なんでもないという。俺を避けている気もする。俺に言えないような、なにを隠してるんだ？」

一方的に決めつけられて、責めるように言われて、さすがに京も頭にきた。

「変わったのは成秋だろ。オレはそれに合わせてるだけだ。成秋が、のびのびと自分らしく仕事ができるように、望みを叶えられるように、オレはちゃんと頑張ってるだろっ」

つい勢いで言ってしまって、京は、はっとした。

「……京」

成秋はショックを受けたように目を見開き、呆然としている。

口からでた言葉はずっと胸のなかに隠していた本音だが、こんなふうに感情のままにぶつけるつもりはなかった。

「……ごめん、言いすぎた」

公私ともにサポートをしろと、成秋から強制されたことは一度もない。

すべて京が自ら望んでやってきたことだ。

成秋を責めるのは間違っている。

京は小さく深呼吸をして荒れた気持ちを静めると、とにかく自分の失言をフォローしようと動いた。

相沢の例えだと知れば、成秋はまた機嫌を損ねるかもしれないが、一番伝わるだろうと思ったことを口にする。

「おまえたちは、狭い巣穴のなかで身を寄せあって生きてきたみたいだって、相沢に言われたよ。ふたりだけだった巣穴のなかに、新しいものが入って来たから戸惑ってるんだって。新しい仕事とかバイトのこととか、お互いに慣れないことを始めたから、噛み合わない部分がでてきたんだろうな。でも変化に対応できてくれれば、いまに元通りになるよ」

うまく伝わっただろうかと様子を窺うと、成秋は、凪《な》いだ海のような静かな目をしていた。

「……本当か？」

「うん？」

「京は、それでいいのか？」

「……いいもなにも、いまは、目先の仕事をひとつひとつ片付けていくしかないよ」

そうして自分のなかの感情に折り合いをつけて生きていく。

大人なら誰でもやっていることだ。

「……わかった。無理強いして悪かった」

成秋は納得してくれたようで、京はひとまずほっとした。

ただでさえ多忙なこの時期に、こんなことでいつまでも感情をこじらせていては仕事に支障がでてしまう。

気をつけようと反省しつつ、とっくに到着していたエレベーターに先に乗り込むと、まだ成秋が持ったままだったコートを手渡された。

受け取って、成秋が乗るスペースをあけるために後ろに下がって待つ。

けれども成秋は、エレベーターの外に立ったまま開閉ボタンを押した。

「成秋？」

ゆっくりと閉まるドアのせいで、成秋の姿が見えなくなる。

箱はふわりと動き出して、京をひとり上階へと運んでいく。

京は真顔で立ち尽くしていた。

成秋は納得してくれたわけではなかったのだろうか。

まだ仕事をする気持ちに切り替わらなかったのか、一緒に戻りたくなかったのか、なにか不満を残していたのか。

「なんだよ……っ」

うまくいかない悔しさにこぼれた呟きは、どこへも届かずに、ひっそりと消えた。

成秋と衝突したあの日、成秋は朝になるまで帰ってこなかった。

先に逃げたのは京だったのに、反対に心配させられ、やきもきしているうちに、胸を塞《ふさ》いでいた疎外感や違和感は、すっかり棚上げされた状態だった。

あれから成秋はさらに無口になり、ときおり難しい顔でなにかしら考え込んでいる。

京に対してまだ怒っているわけではなさそうだが、態度はそっけない。

貴洋が来ているときは、いつもどおりの仕事ぶりだが、ひとりで遅くまで残業することもあれば、早めに切り上げて出かけてしまうこともある。

成秋のおかしな様子に貴洋も気づいたようだが、なにを言うこともなく、与えられた作業を丁寧にこなしていた。

そんなふうに十日ほどが過ぎ、迎えた今日は、成秋の誕生日だった。

忙しい最中だが、成秋の強い希望で仕事は休みにしてある。

去年までなら、奮発して値の張る店で外食をしたり、京が腕を揮って成秋の好物を料理したりと一緒に祝ったのだが、今年は関係がぎくしゃくしているせいで、なんの予定もたてていなかった。

しかも成秋は早朝からどこかへ出かけてしまっている。

半年ほど前に、なにやらプランを立てていると気の早いことを聞いたが、この様子ではそれも立ち消えたのだろう。

「……ぼーっとしてても、しょうがないよな」

京はとりあえず食材を買いに行くことにした。

いつ戻るのかも知らないし、無駄になるかもしれないが、なにもしないよりはずっと気が紛れるだろう。

クローゼットからダッフルコートを取り出して着替えていると、部屋のドアがノックされた。

『京、起きてるか？』

確認する成秋の声に、いつの間に帰ってきたのかと驚く。

急いでドアを開けると、成秋は見覚えのないスーツにカシミヤのコートを着て立っていた。

「めずらしいね、スーツなんて。どうしたの？」

「話がある。一緒に来てくれ」

緊張しているらしい硬い表情で言われて、ざわっと不安を覚えたが、とりあえず頷く。

「……わかった。どこへ？」

「外へ出るから、暖かい上着にしろ」

言われるままダウンコートを羽織り、成秋のあとをついて行く。

マンションの駐車場に停めてあった車に乗せられ、目的地も知らされないまま、車は成秋の運転で走りだした。

すでに温まっていた車内には、ふたりが好んで聞いていた古い洋楽が小さくかかっているが、京の耳にはろくに入ってこない。

成秋が言っていた話とは、いったいなんなのだろう。

自分たちの間でいまさら、それほど緊張するような重い内容なのだろうか。

よりによって成秋の誕生日当日に、わざわざスーツを着て、場所を選ぶような内容について、京は流れる景色に目を向けながら考えた。

仕事に関することなのか、それともプライベートなことなのか、それすら見当もつかない。

事務所内の環境の改善。給与アップの交渉。仕事内容と今後の方向性について。それぞれの変化に伴い、共同経営をしている現状からの新たな希望とか。

自分の誕生日に自らサプライズを仕掛けるのもおかしな話なので、以前に聞いたプランを実行しているわけでもなさそうだし、そんな甘いことを狙っている様子でもない。

深読みして、まさかとは思うし考えたくはないが、ふたりの関係そのものについて、なにか決心したことがあるのだろうか。

ちらりと視線を向けた先の成秋は、ひどく真剣な表情をしていて、ひたすら無言で前を見つめている。

いつになく重い雰囲気に、京も緊張して息がつまりそうだ。

郊外へと向かう道路を一時間ほど走って、ようやく車は懐かしい場所で止まった。

「ここは……」

見覚えのあるそこは、大学時代からよく訪れていた公園だった。

近くにはプラネタリウムのある施設や、季節の花が咲く広い庭園や温室もあり、お金を使わないデートに重宝した、ふたりの思い出の場所でもある。

目的地が意外な場所だったせいか、京は先程までの緊張が少しばかり和《やわ》らいでいるのを感じていた。

ここ数年はすっかり足が遠のいていたが、いったいどういうつもりなのだろう。

京の頭のなかは疑問ばかりだったが、成秋はさっさとドアを開けて車を降りる。

「行くぞ」

促されて京も駐車場へ降りたが、強い寒風が吹きつけてきて、たちまち身を縮こまらせた。

「うわ、寒っ」

慌ててコートのファスナーを閉めていると、成秋が京の首に自分のマフラーを巻いてくれた。

柔らかな感触に残る温もりと、身に馴染んだ恋人の匂いに包まれて、まるで成秋に抱きしめられたような心地になる。

こんなふうに成秋から接触してきたのは久しぶりで、京の頰は自然と綻《ほころ》んでいた。

「……ありがとう」

「少し歩くぞ」

手をつないできた成秋が足を向けたのは、ゆっくりと歩いて三十分ほどで一周できる庭園の散歩コースだった。

「まさか、散歩するの？　こんなに寒いのに？」

さすがに咎《とが》めるような声をだしてしまったが、成秋は返事もくれずに、ただ黙々と歩いていく。

こうなっては抵抗しても無駄だと熟知しているので、京は諦めの心境で、黙って後をついていくことにした。

さすがにこの寒さでは、他に庭園を歩く人の姿も疎らで、いい年齢になった男ふたりが堂々と手をつないでいても、それほど気にやまずに済むのが救いだ。

そういえば、こんなふうに手をつないだのは、どれくらいぶりだろう。

仕事場も住居も同じで、いつも一緒にいたけれど、ふたりの関係がぎくしゃくするずっと前から、ただの恋人として過ごす時間を持てずにいたことに気づいた。

とくにこの十日間は、同じベッドで眠ることも、挨拶代わりのキスを交わすこともなかった。

成秋はちょっとしたケンカをしてお互いに不機嫌なときでも、キスだけは諦めずに挑《いど》んでくるような男だったので、気づいた事実に京は寂しさを覚えた。

そんな心とは裏腹に、歩いているうちに、つないだ手と身体は少しずつ温まってくる。

コースの中程にある木造の東屋《あずまや》にたどり着くと、成秋の歩みはようやく止まり、京はベンチに座るように促された。

「……京」

「ん？」

成秋はなぜか京の正面に立ったままで、ひどく真面目な顔をしていて。

「いままで悪かった」

いきなり謝られたから、京はきょとんとした顔で成秋を見つめ返した。

「なに、どうしたの？」

「ずっと気づいてやれずに、ずいぶんと我慢させた」

いったいなにが起こったのかわからずに戸惑っていると、成秋は日頃の無口さが嘘のように言葉を紡ぎ始めた。

「提案なんだが、来年度から経理は会計士に頼まないか？　出費はかさむが、そのぶん京がデザインの仕事を受ければいいだろう」

「……会計士って、突然どういうこと？」

「おまえがなんでも器用にこなすから、いままで全部まかせてしまって悪かった。俺だけ好きに仕事をさせてもらって、京に負担をかけていることに気づかなかったのも、すまないと思ってる」

ぎこちなく頭を下げられて、京は慌ててベンチから立ち上がった。

「そんな、負担とか、そんなふうに思ったことないよ。だいたいオレは、成秋に好きなように仕事をしてほしかったから、そのためにあの場所を作ったんだ。成秋に謝られることはなにもないよ」

嘘でも強がりでもなく、素直な気持ちでそう言うと、成秋は幸福と困惑が入り混じったような表情になった。

「そうだな。俺はずっと守られていた。でももう大丈夫だ。京がデザインに専念しても、事務所は問題なくやっていける。京が本当にやりたいことは、経理じゃないだろ？　京も自分の好きなように、思うとおりに仕事をしていいはずだ」

成秋の真っ直ぐなまなざしが、京の心を鋭く射抜く。

承知したと頷くまでは譲らないと気迫を込められて、京はまずは冷静になろうと胸に手を当てた。

「ちょっと待って、先に確認させて。成秋が話したかったことって、そのこと？」

そのためにスーツを着て気合いを入れて、思い出深い場所を選んで、こうして話し合いの場を持ってくれたのだろうか。

それが冬空の庭園だったことをどう受けとめていいものか悩むところだが、とにかく確認をすると、成秋はそっと視線を泳がせながら、不本意そうに顔をしかめた。

「まあ……他にもある。ついでだから誤解のないように言っておくが、相沢に指摘されたからじゃないぞ」

事務仕事の配分に関しては、ぼんやりと気にしていたけれど、実行する機会を逃していただけなのだと言い張られた。

成秋のなかには、どうしても相沢への対抗心があるらしい。

成秋が相沢に対して危機感を募らせる必要など、まったくないというのに。

ここへ来るまでの間、いったいどんな重い話をされるのかと無駄に覚悟をしていた京は、ほっと息を吐いた。

「ありがとう、成秋。オレのことを真剣に考えてくれて。会計士のことは……年が明けたらまた話そう」

「気乗りがしないか？」

訝しげに返されて、京は言葉につまった。

成秋なりに京を尊重してくれているからこその提案だ。嬉しくないわけがない。

京のなかにはいままでも、デザイナーとして成秋と張り合えるレベルの仕事をしたいという欲がある。

恋人としてだけではなく、デザイナーとしても成秋に認められたい。必要とされたい。

成秋の隣に立つのに相応しい、誇れる自分でありたい。

現状に満足せず、高みを目指す気持ちを持ち続けていたい。

これからも成秋と一緒に、同じ歩幅で歩んでいきたい。

その気持ちに嘘はないのに。

成秋の提案を聞いたとき、京はとっさに、必要ないと思ってしまった。

そして同時に、ずっと胸を塞いでいたこの気持ちが、ひとりだけその場で足踏みをしているような寂しさを感じた理由がなんだったのか、わかってしまった。

「……そっか……」

成秋がきっかけをくれたおかげで気づいたのは、わざと目を逸らし続けてきた本音。

自分の心なのにわからなかったのは、わかりたくなかったからだ。

わかろうとしなかったその答えは、認めてしまえばとても単純なことで、我ながらなんてバカなのだと呆れてしまう。

「ごめん、成秋」

「謝るのは俺のほうだろ」

重ねて悪いのは俺だと言って譲らない成秋の心の清廉《せいれん》さに、京は自嘲《じちょう》しながら小さく笑った。

「違うよ。成秋は悪くない」

成秋と貴洋がふたりで話しているのを見たときに感じた疎外感も。

成秋の手伝いができる貴洋を羨んだのも、いたたまれなくなって仕事から逃げてしまったのも。京の自業自得で、当然の結果だった。

京はきっと成秋が考えている以上に、事務所の雑務を熟すことに執着している。

それは成秋のパートナーである京にしかできない役割だからだ。

デザイン以外の仕事をひとりで抱え込むことで、京は成秋にとって必要不可欠な存在であろうとしていた。

自分だけの役割ではなくなるのが嫌だから、会計士を頼むことに賛成できなかったのだ。

相沢に指摘された、居心地いいふたりだけの巣穴は、京が望んで作ったものだ。

成秋と閉じこもって、自分だけのものだと悦に入っていた。

ふたりだけで完結する狭くて幸せな世界で、京は満足だった。

成秋の才能は、こんな小さな事務所に収まるものではないと知りながら、わざと耳を塞いで目を逸らしてきた。

巣穴から外へ出ようと前向きになった成秋に抵抗を覚えたのも当然だ。京はなんの変化も求めていなかったのだから。

応援していると励まし、共に前向きに進んでいるつもりでいたけれど、心は変化を拒んでいたから、ずっとその場で足踏みをしているような寂しさに襲われた。

成秋と足並みを揃《そろ》えて巣穴から外へ出ることができなかった。

ひとりで悩んでいたのも、ふたりの関係がぎくしゃくしてしまったのも、すべて京の無意識の抵抗が原因だったのだ。

それなのに成秋は、ずっと自分は甘えていたのだと、気づかなくて悪かったと謝ってくれるのだ。

いまさらどんな顔をして成秋の前に立てばいいのだろう。

わからなくなって俯いた京は、冷たい冬の空気を肺の奥まで吸い込んだ。

正直に白状したら、きっと成秋はこんな自分を軽蔑する。

小さな事務所に閉じ込めて、可能性を潰してきたことを。

献身的な恋人のふりをしていたことを。

隠してきた本音に気づかなかったことにして、都合が悪いことは口を噤んで、いままで通りに過ごす選択もあるだろう。

けれどもふたりの足並みが揃わなくなっていることに、いつかは成秋も気づく。

京に関しては敏感で、たやすく誤魔化されてくれないやっかいな相手だと、誰よりも自分が一番よく知っているから。

せっかくの誕生日なのに、こんな寒空の下で冷えた告白を聞かされることになるとは思ってもみなかっただろう。

「成秋は誤解してるよ。オレはデザインの仕事が好きだけど、それ以上に事務所の仕事が大事だった。事務所のため、成秋のためって口では綺麗なことを言ってたけど、本当は自己満足のためにしていただけなんだ」

半ば開き直るような心地で白状すると、成秋は不審そうに眉をひそめた。

「……会計士の話は、気乗りしないなら別にいい。無理強いするつもりもない。それより、自己満足とはどういうことだ」

「言葉のままだよ。オレはいつも、あの事務所は成秋が自由に仕事をするためにあるって言ってたけど、本当はオレにとって都合がいい場所を作ってただけで、ぜんぶ自分のためだったってことだ」

「都合がいい場所？」

「例えるなら、ふたりだけで完結する、狭くて幸せな世界かな」

いまさら綺麗に取り繕《つくろ》っても仕方がない。

本音のままに話すと、成秋はなにか考え込むように黙り込んだ。

東屋の周囲に人影はなくて、ふたりが黙ると、そこには時折吹く風の音があるだけだ。

いつまでもこんなところにいたら、冷えすぎて身体を壊しかねない。

京は無意識に首に巻いたマフラーを撫でながら、この話し合いを決着へ導こうと、再び口を開いた。

「だから、悪いのは成秋じゃなくてオレだから、成秋が謝る必要はない。もっと言うなら、気遣ってくれたのは嬉しかったけど、会計士も必要ないと思ってる。あの場所にこれ以上誰も入ってこなくていいし、ふたりだけでよかったし、変わりたいとも思ってなかったし、全然前向きでもなかった」

自分でも、どうしようもないと呆れているのだから、初めて知った成秋もきっとそう感じているだろう。

「もうわかっただろ。大人の分別とか見栄とかプライドで、物わかりのいい顔をしてただけで、本当はこういう情けないやつなんだよ。明日からのことは、成秋の判断に従うから。遠慮しないで決めてくれ」

本音をぶちまけて、あとは成秋の出方次第だと覚悟を決めた。

今後の仕事に影響がでたとしても、京が自分で始末をつけよう。

恋人として距離を置かれることになったとしても、文句は言わない。

京が胸のうちでいろいろと準備をしていた間も、ずっと厳しい表情で考え込んでいた成秋は、ふっとため息をつくと、真っ直ぐに目線を合わせてきた。

「京」

「……はい」

大丈夫だ。なにを言われても受け止められる。

身構えながら成秋と向き合った京は、

「京の言ってることが全部真実だとして、それのどこが悪いのか俺にはわからない」

まるで難問を持て余して困っている子供のように眉をひそめられて、その予想外の反応に戸惑った。

「……えっ、だって、最低だろ。自分の勝手で成秋を狭い世界に閉じ込めてたんだよ。才能の塊みたいなおまえを、もっと活躍できる場所から遠ざけて、小さな事務所のなかだけで終わらせてた」

「買いかぶりすぎだ」

「そんなことない。自覚してないだけで成秋はもっと……」

「褒めてくれるのは嬉しいが、いまはもういい。それよりも京は、まだそんなことを気にしていたんだな」

ブランドムックの話を貰ったところに、そんな話になったことがあった。

成秋は現状になんの不満もないと否定してくれたので決着はついていたが、疑いの火種はいまでも京のなかで燻《くすぶ》り続けていた。

「必要ないからあえて言わなかったが、世話になった元の上司から、戻ってこないかと何度か誘いを受けたことがある。当然断ったが」

成秋が言うには、成秋を攻撃してきた件の元同僚は、他の人にも同じようなことをしていたらしく、素行の悪さが問題になってすでに会社を去っているのだそうだ。

成秋のセンスを惜しんで声をかけてくれる人がいると知って、京は自分のことのように嬉しかった。

結果的に苦い思い出の多い職場だったが、成秋が耐えてきたあの時間と経験は無駄ではなかったのだ。

「あそこに戻りたいなら、とっくに戻ってる。でも俺にはその気がない。何度でも言うが、俺は京といる事務所で満足しているからな」

「なんでそんな……もったいないことをするんだよ」

「俺を信じて心を尽くしてくれるやつがいる。それも恋人だ。こんな最高の環境が他にあるか」

「だからそれは、自分のためで」

「俺も自分のために京を傍に置いて縛りつけている。おあいこだ」

「前向きな成秋と違って足踏みしてるし」

「いまは俺が引っ張っていく時期なんだろ。俺も独立したころは京に引っ張ってもらってた」

「……貴洋くんと仲が良くなって嫉妬した。成秋のこと、言葉がなくてもわかるのはオレだけだと思ってたから、思い上がりが恥ずかしくてたまらなかった」

「あの相沢の従兄弟だぞ。ただの学生なわけがないだろ」

思い悩み、胸に引っかかっていたことをひとつひとつ取りだしてみれば、たちまち成秋に解かれる。

「まだあるか？」

なにをぶつけても、きっと無駄なのだろう。

ずれた足並みや自分勝手なやりかたに、あれほど悩んだり揺らされたりしたというのに。

成秋はそんな時期をすでに通り過ぎていたのだろうか。

いまの成秋は揺るがない目をしていた。

京の気持ちが落ち着いたのを見て取ったのか、ほっとしたように呟く。

「こんな展開になるとわかってたら、別の場所にしたのにな」

成秋の吐く息が、冬の空気に白く広がる。

陽が高くなってきても寒さはいっこうに緩まなくて、京は薄い日光を求めて空を仰いだ。

「そういえば、話をするのに、なんでここにしたの？」

いまさらの疑問を訊ねると、成秋の表情が微妙に強張《こわば》ったのは気のせいだろうか。

「まあ、いいけど。寒いからそろそろあっちの建物に入るか、家に帰ろうよ。途中で買い物に寄って、夜は成秋の好きなものをたくさん作って、お祝いしよう」

今朝は半ば諦めていただけに、今年もふたりで誕生日を祝える喜びに、自然と胸が躍《おど》る。

早く行こうと腕を引いて歩きだそうとしたが、なぜか成秋は東屋の前から動こうとしなかった。

「祝ってくれるのは嬉しいが……」

「なに？」

見上げた成秋はやけに真剣な目をしていて、どうも様子がおかしい。

「どうしたの？」

まさか冷えすぎて具合が悪くなったのかと、頬に手を当てようとした、そのとき。

「俺と結婚してくれ」

目の前に白いバラの花束を差しだされた。

「……え？」

京は驚きのあまり目を大きく見開いた。

いままでどこに隠していたのか、白いオーガンディーに包まれた大輪の白バラが、澄んだ香りを放ちながら京の前で微かに揺れている。

この香りも、全身に緊張を漂わせている成秋も、夢ではない。現実だ。

とにかく受け取ろうと、花束にそっと触れたときに京は気づいた。

白バラが微かに揺れているのは、きっと成秋の手が緊張のあまりに震えているせいだと。

「成秋」

「この国の法律では認められていないから、ふたりだけの誓いになってしまうが、これから先の人生を、俺の伴侶として生きてほしい」

「……本気で？」

「もちろん本気だ。十年前に約束しただろう」

「えっ？」

なんのことだかわからなかった京は、慌てて十年前の記憶を探った。

たしかつき合い始めたばかりのころ、京はひとりで不安を抱えていた。

男と女ならば、いずれは結婚という形でふたりの絆を強めることもできるけれど、自分たちはそれができない。

成秋といつまで一緒にいられるのだろうと、これから先に待ち受ける別れを想って落ち込んでいたら、成秋が言ったのだ。

『十年たっても、ふたりが一緒にいたなら、必ず俺が求婚するから、そのときはどうか笑って頷いてくれ』

男と女でなくても、十年間も恋人同士でいられたなら、胸を張って未来を誓ってもいいだろう。

そんな実現するまで長い時間がかかる約束で、とりあえず一緒に歩いてみようと思わせてくれた。

それを一年ずつ積み重ねて、気づけばもう約束の十年になっていたのか。

いつしか毎日一緒にいるのが当たり前になっていて、大事な約束は、暮らしに紛れて遠くなっていた。

「……まさか、ずっと覚えてたの？」

「当然だろ」

花束を胸に抱える京の肩に、成秋がそっと手を置く。

「笑って頷いてくれるか？」

見上げた瞳が不安そうに揺れている。

思い出深い冬の庭園に連れてこられたのは、プロポーズを演出するためだったのか。

しかも京は普段着のジーンズとダウンコートなのに、自分だけスーツできめて。

「……京？」

「この花束、いつ用意してたの？」

「……手配したのはおとといで、ここに仕込んだのは今朝だ」

バカ正直に手札を晒してくれる成秋が、それでも愛しい。

「返事はノーなのか？」

京は花束を東屋のベンチにそっと置くと、成秋に向き直った。

「十年後は、オレたちでも婚姻届が出せる世の中になってるといいね」

「え？」

「そしたら一緒に出しに行こうよ。十年越しの婚姻届」

「それは……」

また新たに積み重ねていくこれからの十年を想うと、いろいろな感情が込みあげてきて、自分がいまどんな表情をしているかわからないけれど、とにかく京は精一杯の微笑みを浮かべながら、大きく頷いた。

「……京っ！」

めずらしく歓喜の表情でいっぱいになった成秋に、がばっと抱きつかれる。

「次はオレがプロポーズするから、成秋は笑って頷いて」

抱きしめる腕に、苦しいほど強く力を込められたのが、成秋からの返事だった。


「だから、もうっ……ベッドへ行こうって言ってるのにっ」

身を捩《よじ》った拍子に白い踵《かかと》が湯を叩き、ぱしゃんと滴を飛び散らせる。

大理石のバスタブのなかで、京は成秋に背後から抱きしめられていた。

広々として豪華なバスルームがあるこの部屋は、公園のすぐ傍に建つホテルのスイートルームだ。

事前にチェックインしていたらしく、直接部屋へ入るなりコートをはぎ取られ、長いキスをしかけられて、京はすぐに足元がおぼつかなくなった。

いまさら拒むつもりはない。

まだ夕方で、レースのカーテンがひかれた窓の向こうが明るくても気にしない。

ただ、真冬の冷気に冷え切った身体を温めるくらいの猶予《ゆうよ》がほしいと言うと、成秋は、ふらついて危ないからとバスルームの中までついてきた。

もちろん、優しさだけではなかった。

全裸の恋人が傍にいて、一緒に湯に浸《つ》かって、なにもしないわけがなかった。

腕の中に捕らえた身体を、好きなように撫で始める。

なにを言っても無駄なのはわかっていたから、京は広くてたくましい胸に身体を預けると、されるがまま目を閉じていた。成秋の指が開かせた脚の奥に触れ、固く閉じたそれを熱心にほぐし始めるまでは。

「成秋、ねえ、もうのぼせる……っ」

潤んだ瞳で見上げても、成秋は頬や首筋にキスをくりかえすだけ。

本当のところ、浸かっている湯はぬるいくらいで、熱いのは発情している京のほうだった。身体はもう充分に温まり、血の気が戻った肌は、ほんのりと桜色に染まっている。

「やめていいのか？　ここが、こんなになってるのに」

足の間で熱くなっているものをいたずらに握られ、指で揉《も》まれて、京は身を捩った。

「あうっ、や、あ……いい、からっ」

胸の突起も、撫でれば指に引っかかるほど固く尖っている。

「成秋っ」

「しかたがない」

成秋は熱っぽいため息をつくと、京の身体を持ち上げ、バスタブの縁に座らせた。

「暴れるなよ」

成秋の目的に気づいた京が止める前に、高ぶったものを口に含まれる。

「やあ……っ」

絡みつく舌と口腔の熱さにめまいがした。

久しぶりの愛撫は抗いがたく、京はそれほど長くは持たずに甘い滴を放った。

快感の余韻で力が抜けてしまった京は、成秋にされるがままになる。

ぐったりとした身体はバスタオルに包まれ、抱えられてベッドルームへ移動する。

カバーをはがした広いベッドに下ろされると、シーツの冷たさが心地いい。

「成秋、水がほしい」

頼むとすぐにグラスを手に戻ってきて、起こした背中を支えながら飲ませてくれた。

こぼれた滴は成秋の唇で拭われ、またベッドに横たわると、たくましい身体が覆いかぶさってくる。

重なった唇を開いて舌を迎え入れ、深いキスを交わしていると、太股に固く張りつめたものが当たった。成秋のそれはまだ解放されずにいて、京は自分だけ先に楽になったお詫びのつもりで手をのばすと、やんわりと握りしめた。

するとと成秋は、一瞬、衝撃に耐えるように身体を強張らせ、ゆるゆると息を吐く。

「……京っ」

「大丈夫、もう柔らかいから」

そろりと脚を開き、成秋の腰に膝頭をすりつけて挑発すると、見下ろす目がゆらりと欲情にまみれた色に変わる。

「悪い。加減できないかも」

先に謝った成秋は、用意していたらしいローションをぶちまけて京の後ろと自分のものを濡らす。

そして京の腰を抱えてあてがい、熱く猛《たけ》ったものを一気に押し込んできた。

「ああっ！」

京が圧迫感に顔を歪めたのは最初だけ。

湯の中でほぐされて柔らかくなっていたそこは、久しぶりの行為でも従順に開いて成秋を受け入れた。

深々と奥までおさめた成秋は、満足そうなため息をこぼす。

ゆらゆらと揺れていた腰の動きが、次第に痛いほど強くなり、京の弱いところばかりを狙ってくる。

「あっや…っ、な……あき、あ……っ」

あとで思いだすと羞恥でいたたまれなくなるほど甘ったるい自分の声と、成秋の息遣い。

うるさいほどの鼓動に、ベッドが軋《きし》む音が混じる。

早く終わらせないとどうにかなってしまいそうなのに、成秋がくれる怖いほどの快楽をもっとずっと味わっていたいとも思う。

「あっ、も……だめっ、だ……ああっ！」

深いところに入ったまま強く揺さぶられ、中が焼けるように熱くなったのがわかった。

「京っ」

成秋の腕に痛いほど強く抱きしめられる。

ふたりは、一緒に感じた悦楽の余韻に目を閉じた。

週明けの月曜日。

京が仕事場に入ると、なぜか相沢と貴洋がそろっていた。

「あれっ？　なんで……」

そんな予定も約束もした覚えがなくて戸惑っていると、成秋がやって来る。

心当たりを訊ねると、

「ああ、俺が呼んだ」

あっさりと認め、そして並んでソファに座っているふたりに向かって、悪びれもせずに宣言した。

「俺と京は婚姻の誓いを交わして、めでたく伴侶になった。ふたりにはその証人になってほしい」

腰に回した腕に抱き寄せられて、京は慌てて抵抗した。

「どうして貴洋くんまで？」

「そいつも気づいてたぞ。俺たちの関係」

「……え？」

京が恐々と貴洋に視線を向けると、

「はい、気づいてました」

穢れのない笑顔が返ってきた。

「どういうこと？」

「じつはオレ、中学・高校と男子校に通っていたので、男同士のあれこれには免疫があるんです。べつに珍しくもないし、いまさら驚きもしません」

わりと早い段階で気づいていたと教えられて、京は頭を抱えた。

自分たちがそんなにわかりやすいのか、それとも視野が広くて察しのいい相沢の血筋のせいなのか、悩むところだ。

「ですから、これからもよろしくお願いします」

ぺこりと頭を下げる貴洋の横で、黙って成り行きを見ていた相沢が、

「こいつ、バイトから正従業員に昇格を狙ってるそうだから。しっかり稼いでくれよ、旦那サマ」

茶化すように成秋を見あげる。

からかわれて不機嫌になるかと思いきや、成秋は涼しい顔で言い返した。

「当然だ。俺にはできた嫁がいるからな」

そんな余裕を見せているけれど、成秋がブランドムックの仕事を受けたり、前向きに変わろうとしていたのが、まさか結婚を機に自分改革を試みていたせいだとは思わなかった。

旦那がいつまでも嫁に頼りっぱなしでは情けないと思ったらしい。

京の想像をはるかに超えていて、いろいろと悩んだのがバカみたいだ。

「なあ、京」

手を取って、指先にキスをされる。その薬指には、お揃いのプラチナの指輪が光っている。

「仕事場はべたべたするの禁止」

それは、また十年、変わらず一緒に歩こうという約束の証だった。

十一年目の始まりは

怒涛《どとう》の忙しさだった年末進行をどうにか乗り越え、年内の仕事をすべてやり終えた『デザインスタジオ・SI』は、一日がかりの作業場の大掃除の翌日から、年末年始の休業に入った。

昨日は容赦《ようしゃ》なくこき使われたせいで、もうなにもしたくないと毛布に包まり、屍《しかばね》のようにソファに寝そべっている成秋《なるあき》をよそに、京《きょう》は嬉々《きき》としてプライベートな空間の掃除に勤しんでいる。

仕事納めの翌日は、大抵こんなふうだ。

このひと月近くはどうしても仕事を優先しなければならず、家事は短時間で済ませ、手抜きし、後回しにしてばかりだった。

綺麗《きれい》好きで片づけ魔の自覚がある京にとって、まさにストレスが溜《た》まる日々だったのだが、それも晴れて終わり。

冬の薄い陽ざしが射《さ》すベランダには、洗いたての洗濯物が風に揺れている。

リビングの床に掃除機をかけながらソファセットの横まで来た京は、おもむろにスイッチを切ると、寝そべる毛布の塊《かたまり》に呆《あき》れた声をかけた。

「そんなところで寝てたら風邪ひくよ」

換気のためにベランダの掃《は》き出し窓を全開にしているので、部屋のなかは当たり前に寒い。

天気は雲の少ない快晴で、雨の気配のない暖かな冬の日中だが、北から吹く風の冷たさに変わりはなかった。

「せっかくの連休なのに、ずっと寝込むことになってもいいの?」

深緑色のマイクロファイバーの毛布をひっぱると、中身がもぞりと動いて、どこかふてくされたような顔が端からでてくる。

「寝てない。起きてる」

確かに目は、ぱっちりと開いているようだが。

「でも寒いだろ。掃除が終わったら呼ぶから、それまで部屋に戻ってなよ」

「いい。寒くない。……いると邪魔か?」

「邪魔ってわけじゃないけど……」

この辺りは掃除機をかけるだけで、ソファの位置を動かすような模様替えの予定はない。

成秋が寝ていたら掃除ができないわけではない。

「バタバタしてるから、横になってても落ち着かないだろ」

むしろ京がずっと動き回っているから、うるさいだろうと思ったのに。

「いい。ここで。京の気配がするところがいい」

真顔で答えられて、京は無意識に顔を赤らめた。

静かな自室にひとりでこもっているよりも、多少うるさくても京の近くにいたいということか。

壁を隔《へだ》てたら存在を見失うほど広いマンションでもないのに。

本人は自覚がないだろうが、それはただのデレというやつではないだろうか。

冬の公園で白い花束を受け取ったときから、成秋は少しばかり口数が増え、たまに日常のなかに、こちらをドキリとさせるような言動をさし込んでくるようになった。

その変化は悪くない。

悪くはないのだが、京の心臓はあまり平気ではない。

つき合ってもう長いのに、いまだに成秋のひと言でドキドキしてしまうなんて、初心《うぶ》な自分の反応が恥ずかしかった。

「……そっか」

「ああ。邪魔じゃないなら、ここにいたい」

ふたりを包む空気が、ふわりと甘い色に変わる。

慌《あわ》ただしい師走《しわす》のお昼どき。

京は戦闘服のひとつである黒いジャージ姿で、手には掃除機のホースを持っている。甘い雰囲気に流されても様になるような状況ではない。

大体自分たちのつきあいはすでに十年を超えているのだ。こんなちょっとしたことで、いちゃいちゃするのはおかしい。

うろたえる心を必死に隠している京のなかでは、残念なことに新婚という言葉がどこかへ棚上げされていた。

「わかった。でも本当に眠くなったら、ちゃんと部屋に行ってね」

成秋の体調管理のため、それだけは釘を刺すと、京は掃除の続きに戻った。

隅々まで埃《ほこり》を吸い取ったあとは、キッチンを片付け、パントリーの中身をチェックする。その間も成秋は一度も自室へは戻らず、ごろごろと寝ていたり、雑誌を広げたりしながらずっとソファにいた。

京ばかりが家事をしていて不公平なようだが、これでいてふたりのバランスは取れている。成秋としては手伝うつもりはあるし、必ずそう申しでてくれるのだが、京がやんわりと断っているのだ。できれば家事は自分の好きにやらせてほしいと。

実家に住んでいたころはまだ母親任せだったが、大学に入ってひとり暮らしを始めたころから、京は整理整頓の楽しさに目覚めた。

掃除は凝《こ》ってしまえば奥が深く、いまでは京なりの手順や方法といったこだわりができている。

そのやりかたを成秋に強制するつもりはないし、けっして成秋の家事能力に不満があるわけでもない。

ただ自分でやったほうが早いし確実だし、効率的なだけなのだ。

京は家じゅうを綺麗にしていくのが楽しい。

成秋はそんな京を見ているのが楽しい。

このふたりはそれで十分にうまくいっているのだった。

バスルームとトイレをピカピカに磨《みが》き上げたころには、すっかり太陽が西の空に傾いていた。

整頓されたリビングに戻って来た京は、心地のいい達成感に包まれていた。

ここ数日の荒れ方がひどかっただけに、ようやく人間らしい暮らしを取り戻せたように気分になる。

エアコンで暖められた部屋のソファに座った成秋は、洗濯物を畳んでくれていた。

「取り込んでくれたんだ、ありがとう」

「ああ」

昼間はベランダで風にそよいでいたキッチン用のタオルを、丁寧《ていねい》に畳んで積み上げている。

「それじゃあオレは、晩ごはんを作るね」

「さすがに疲れただろう。外へ食べに行かないか？」

昨日に引き続き、朝からずっと掃除をしていた京を気遣い、いつもはあまり乗り気にならない外食を、成秋自らが提案してくれる。

「外へ？　うーん……」

京は掃除の途中で確認した冷蔵庫の中身を思い浮かべながら考えた。

荒れていたのは部屋の環境だけでなく、食生活もだ。

料理をするどころか、買い出しに行く時間も惜しくて、貴洋《たかひろ》を含め三人で出前を取って済ませたことも一度や二度ではない。

アルバイトを雇《やと》って人手は増えたはずなのに、まったく楽にならなかったのだから困ったものだ。

この経験を来年に生かし、まずは仕事量の見直しをしっかりしようと京は決めていた。

仕事の依頼が多く舞い込むのはありがたいことだが、欲張って引き受けたせいでクオリティを落としたり、身体を壊したりしては元も子もない。

成秋が思う存分良い仕事ができる環境を整えることが、なにより最優先なのだ。

そしてそれは自分にしかできない役目だと思っている。

「早めに使ってしまいたい食材があるから、今夜はお鍋かな」

せっかくの気遣いを無碍《むげ》にしてしまったが、成秋はたいして気にした様子もなく頷《うなず》くと、タオルを畳む手を再び動かし始めた。

食材を切って鍋で煮るだけなので、それほど手間もかからず、食卓がわりのソファテーブルの上に、支度はすぐに整った。

「明日は、大みそかのぶんの買い物に行くけど」

「荷物持ちだな、わかった」

すべてを説明しなくても、成秋は察して頷いてくれる。

毎年のように繰り返してきたからなのだが、そのやり取りはまるで長く連れ添った夫婦のようで、京は照れくさいような気持ちになった。

カレンダーの並びによって多少の変更はあるが、仕事納めの翌日は家の大掃除。

その翌日は買い物の日で、その次の日の大みそかはのんびりと過ごす。

年が明けたらお互いに実家に帰省して、数日後に戻ってきて仕事始めを迎える。

それが事務所を立ち上げ同居を始めてから自然とできた、年末年始の過ごし方だった。

せっかくの連休なので温泉旅行はどうだろうとか、年明けの瞬間を旅先で体験してみたいとか、忙しい仕事からの現実逃避もあってよく話題になるのだが、実現させたことは一度もない。

誘えば成秋はつき合ってくれるとわかっているが、ただでさえ人混みが苦手なのに、時期的に普段以上に混んでいる観光地に連れだすのは気が引ける。

家でふたりでまったりと過ごす。

それで満足してもらえるのだから、嬉《うれ》しくないわけがない。

「車をだすか？」

「そうだね、日用品の補充をしたいから。あっ、ついでに洗車もしておかないと」

ごく普通の日常を重ねて、ふたりはまた新しい一年を迎えようとしていた。


いつからだろう、実家へ戻ることを億劫《おっくう》だと感じるようになったのは。

なかなか重い腰が上がらず、マンションを出る時間が少しずつ遅くなり、夕方までなんだかんだと残ってしまうようになったのは。

「京、そろそろ時間じゃないのか？」

「あー……本当だ」

大晦日《おおみそか》は夜更かししたふたりは、新年が明けてから眠りについた。

昼過ぎに起きて、そろって近所の神社へ初詣《はつもうで》に行き、これからそれぞれの実家へ帰省することになっている。

京はとっくにまとめ終えた荷物を何度も確認しては、無駄な時間稼ぎをしていたが、それも限界のようだ。

さすがに正月くらいは顔を見せに帰って来いとせがまれたら、拒《こば》むわけにもいかない。帰れない理由も特にないし、これも親孝行だ。

「じゃあ、お先に」

「ああ。気をつけて」

京より遅い電車を予定している成秋を残して、先に玄関を出る。

エレベーターで地上へ降りながら、すでに帰りたくなっている自分に、京は苦笑した。

大学進学を機に離れた実家は、電車で約二時間という、近いような遠いような微妙な距離にある。最寄り駅からは徒歩で緩い坂道を上り、ようやく家の前に到着したころには、陽が西の空に沈んでいた。

いちおう鍵は持っているが、あえてインターホンを鳴らすほうを選ぶ。

数年前に妹の結婚に合わせて家を建て替えたせいで、外見にも内装にも、京が住んでいた頃の面影は残っていない。

気軽に鍵を使うのをためらうほど、新しい家はどこかよそよそしい顔で京を迎え、それが自然と実家から足が遠のいてしまった理由のひとつだった。

すぐに屋内からスリッパをはいた足音が聞こえてきて、玄関のドアが開かれる。

「おかえり。寒かったでしょう」

笑顔で迎えてくれた母親の顔を見るのも一年ぶりだった。

昔から年齢よりも若い印象をもたれる人だったが、去年とそれほど変わらない様子に、ひとまずほっとする。

二時間分の距離しか離れていないのに、親戚筋や知人の冠婚葬祭でもなければ、連絡を取り合う機会もあまりない。

男の子なんてそんなものだと、また今年も言われるのだろうか。

「早く入って、温まりなさいな」

「ありがとう。あっ……と、明けましておめでとう。これ、おみやげ」

「なあに、そのついでみたいな挨拶《あいさつ》は」

くすっと笑った母親は、受け取った紙袋のロゴマークを見て、嬉しそうに瞳を輝かせた。

「今年も買ってきてくれたのね、嬉しい。実はちょっと期待してたのよ」

母親の好みに合わせて選んだ甘い焼き菓子は、成秋と年末に買い物へ行ったときに買ったものだ。

今年も喜んでもらえてよかったと思う。

促《うなが》され家へ入り、玄関ホールのガラスドアからリビングを覗き込むと、炬燵《こたつ》に入ってテレビを見ていた父親がこちらを振り返った。

「おう、おかえり。寒かっただろ、おまえも温まれ」

妻と同じことを言いながら、炬燵布団の端をめくって誘う。

奥には続き間の和室もあるのに、わざわざテレビの前に置かれた炬燵は、全体的にモダンな雰囲気に整えられたフローリングの室内で、かなり浮いている。

きっと父親がここに置きたいと言って譲らなかったのだろうと京は予想した。

「ただいま。なに、もう飲んでるの？」

炬燵の上には、熱燗《あつかん》の徳利《とっくり》とつまみの皿が置かれている。

どうやら新年の特別番組の笑いを肴《さかな》に、一杯やっていたようだ。

「お昼からずっとこんな調子なのよ」

「正月だからいいだろ。京もどうだ？」

「いや、オレはいいよ」

二泊分の着替えが入った荷物を置いて、コートを脱ぐと、ひとまず奥の和室にかけておくからと、母親にさっさと持って行かれてしまう。

母親はすぐに戻ってくると、今度はキッチンに入って準備し始めた。

相変わらず細々《こまごま》と動き回る人だ。あまり自覚はしていなかったが、ついあれこれと世話を焼いてしまう京の性格は、母親譲りかもしれない。

「お父さんは、お餅《もち》食べる？」

「いや、餅はいい。それよりもう一本つけてくれないか」

「ええっ？　飲みすぎよ」

正月を満喫している父親は、一般企業に勤める管理職。現在は専業主婦の母親。嫁《とつ》いだ妹は、きっと旦那の実家で過ごしているのだろう。

どこにでもあるような、ごく普通の家庭だ。

「京はお雑煮、食べるでしょ？」

キッチンからでてきた母親は、ダイニングテーブルに重箱を並べ始めた。

どうやら京の到着を待って、早めの夕食にするつもりだったようだ。

「食べる。手伝うよ」

「いいから座ってて。年末も、ずっと忙しかったんでしょう？」

十二月に入ったころから、帰省の予定を確認する電話が何度も入っていたが、忙しさを理由に返事を後回しにしてしまい、結局予定を伝えられたのは仕事納めの日だった。

「そういう業界だからね」

忙しかったのは本当だ。

ただ予定の返事が遅くなったのは、それだけが理由ではないけれど。

座っていろと言われても、普段は家事を引き受けているせいか、じっとしているのは落ち着かない。

だが勝手がわからなくなって久しいキッチンに入っても、邪魔になるだけだ。

テーブルの隅に置かれていた盆に、急須と伏せた湯呑があったので、とりあえず三人分の緑茶を淹《い》れた。

「熱いから気をつけてね」

対面式のカウンター越しに雑煮のお椀《わん》を受け取り、取り皿や箸を持ってきた母親と向かい合って席につく。

父親はひとりでのんびりと飲みたいらしく、炬燵から動かなかった。

三段重ねの重箱には、おせち料理が丁寧に詰められている。

「ちゃんとおせちを用意してるなんて、すごいね」

昨今は用意しない家庭が増えていると、雑誌の特集で目にしていたので、純粋な気持ちでそう褒《ほ》めたのだが、

「あら、褒めてくれるなんて嬉しい」

母親は照れたようにはにかむと、炬燵の主に向かって声をかけた。

「ちょっとお父さん、いまの聞いてた？」

父親はテレビに集中していて生返事を返しただけだが、べつにかまわないのか、京のほうへ向きなおる。

「でもほとんど買ってきたものなのよ。栗きんとんとか田作りとか」

伊達巻は手作りなのだと勧められたので、手元の小皿に一切れ取った。

母親の手料理を食べるのは久しぶりだ。

この和《なご》やかな雰囲気のまま、食事が終わればいいと、そう思っていたのだが、

「相変わらず連絡のひとつも寄こさないけど、元気でやってるの？」

なにげなく話題を変えられて、京は、やっぱりそうくるのかとそっと身構えた。

「元気だよ」

「仕事はどう？　忙しいみたいだけど、祠堂《しどう》くんとは、いまもうまくやれてるの？」

成秋と両親は面識がある。

まだ友人だった大学一年の夏季休暇には、帰省していた京の元へ遊びに来たことがあるし、会社を辞めて一緒に事務所を立ち上げるときにも、成秋の意思で挨拶に来てくれていた。

「順調だよ」

いくらでも深読みできる質問に、しれっと返事をするのも慣れたものだ。

成秋とつき合い始めた当初は、名前を上げられただけで、なにか勘ぐられるのではとドキドキしたものだが、堂々としているのが一番いいのだと悟ってからは、なにを訊《き》かれても平気な顔ができるようになっていた。

「まだ仕事場で同居してるの？」

「仕事場を兼ねた住居だからね」

「でもいつまでも同居って、いろいろと不自由も多いでしょう？」

「快適だよ。家賃の節約になるし。いたって順調だよ」

普段からあまり連絡を取り合わないせいで、どうしても話題は親戚や知人の近況か、京の生活や仕事のことが多くなる。

仕事に関してだと、共同経営者である成秋の名前がでてくるのは自然なことだ。

べつにふたりの関係に気づいているから訊かれているわけではない。

怪しまれて探りを入れられているわけでもないだろう。

わかっているが、それでも質問ばかりされると、どうにも居心地が悪い。

いつの間にか徳利を持つ父親の手が止まり、こちらの会話に耳をそばだてているけれど、京はそれに気づいていないふりをする。

食事を終えたタイミングで話を切り上げよう。

京は雑煮を食べきり、小皿に取り分けた料理も綺麗に胃のなかにおさめた。

緑茶を飲み干し、ごちそうさまと手を合わせて席を立とうとしたのだが、

「こういうことを言うと、うるさいって思われるのはわかってるんだけど……」

母親の話はまだ続いていて、逃がしてもらえなかった。

「おつき合いしているお嬢さんや、結婚を意識している相手はいないの？　おめでたい予定があるなら、早めに教えてもらえると嬉しいわ」

しかも結婚の二文字をはっきりと突きつけてくる。

ため息をつきたい気分だったが、京は仕事で培《つちか》った朗《ほが》らかな笑みを顔に貼りつけた。

「ご期待に添えなくて申し訳ないけど、とくに予定はないよ。いまは仕事が最優先だから」

「そうなの……」

あからさまにがっかりされても、こちらも困る。

これだから実家に戻るのは億劫なのだ。

一年ごとに母親からのプレッシャーはひどくなってきている気がする。

京の心境を敏感に感じ取ったのだろう。母親が慌てて明るい声で続けた。

「ごめんなさい、べつに急かすつもりはないのよ。ただ、桜子《さくらこ》が嫁いで家庭を持ってるでしょう。どうしても次はあなたの番だって、気になってしまうのよ」

三歳年下の妹の桜子は、すでに結婚して一児の母だ。

高校生のころから交際していた彼氏と、大学を卒業した年に籍を入れている。

桜子が高校に入学するのと同時に、京が大学に入って実家を離れたため、一緒に暮らしたのは十五年ほどだ。

兄妹仲は悪くないつもりだが、用もないのに連絡を取り合うほどよくもない。

お互いに家族よりも大切な相手を早くに見つけてしまったせいだろう。

「気が向いたらでいいのだけど、もしよければ、私の知人のお嬢さんに会ってみない？」

「……えっ？」

「べつにお見合いじゃないから、そんなに固く考えないでね。みんなで軽く食事でもって話なだけだから」

結婚を意識したうえで男女が引き合わされるのは、見合いとどこが違うのだろう。

軽い食事であろうと、正式な場での会食だろうと、その先に待ち受けているものは同じではないか。

京はため息をつきそうになるのを我慢した。

自分は母親の期待に添えるような結婚はできない。

すでに愛しい人と未来を誓った身なのだ。

いっそのことすべて話してしまおうかと、乱暴な考えが頭のなかを過《よぎ》る。

つき合っていたころは、自分たちの未来がどうなるのか、京自身にも確かなことはわからなかったので、あえて成秋との関係を話そうとは思わなかった。

だがいまは違う。成秋は真剣に京との未来を誓ってくれた。

また十年先まで一緒に歩いて行こうと言ってくれた。

京もそれを心から望んだから、成秋の求婚に頷いたのだ。

お互いが傍《そば》にいない未来など考えられない。

それをわかってもらえたら、どんなにいいだろうと思う。

けれども京は、成秋とのことは、勢いでぶちまけていいようなことではないと考え直した。

落ち着いて、ここは冷静に対応するべき場面だ。

「オレはまだ二十代だし、そう急ぐこともないと思うけど」

うんざりした気持ちをあえて隠さずに、結婚そのものに興味がない様子で答える。

申し訳ない気持ちもあるが、いまはつけいる隙を与えずに、現状維持が最善の策だろう。

「でも、どこに素敵なご縁があるか、わからないでしょう。会うだけでも……」

母親がなおも説得を重ねてくる。それを遮《さえぎ》るように、キッチンカウンターの端に置かれた固定電話が鳴りだした。

「ちょっと待って、桜子からだわ」

登録している電話番号を個別の着信音で知らせる機能で、かけてきた相手が誰なのかわかったらしい。

「もしもし、桜子？」

娘からの連絡に声を弾ませた母親だったが、受話器の向こうに耳を傾けているうちに、次第に表情を曇らせた。

「……わかったわ。とにかくよく休んでね。おだいじに」

受話器を置いたタイミングで、父親も怪訝《けげん》そうな声で問いかける。

「桜子がどうかしたのか？」

「大変なのよ。桜子と旦那さん、ふたり揃ってインフルエンザで寝込んでるんですって」

「インフルエンザだって、それは大変じゃないか。健太はどうしてるんだ」

父親はとっさに孫の心配をしていた。

「健太はあちらのお母さんに、しばらく預かってもらうことにしたって」

「そうか……」

「お父さん、私、いまから桜子の様子を見てきます」

「えっ、いまからかい？」

外はすでにとっぷりと陽が暮れている。

「ふたりで寝込んでるんじゃ、看病もままならないでしょうし」

「そうだな。俺も一緒に行こう」

「ひとりでいいわよ。お父さんまでうつったら大変だわ」

「それは母さんもだろ」

「私は大丈夫よ。予防接種を受けてるもの」

やけに自信満々な母親は、食事に使っていた自分の皿を手早くシンクまで運ぶと、足早にリビングを出ていく。

京もテーブルに残っていた重箱や湯呑をまとめて片付けた。

自室で着替えた母親が、コートとバッグを抱えて急いで戻って来る。

「すまんな、母さん。俺が酒を飲んでなかったら、せめて送ってやれたんだが」

そのまま玄関へと向かうのを追って、父親がしゅんとしながら謝っている。

「いいのよ。だってこんなことになるとは思ってなかったし。ごめんなさいね、京。せっかく帰ってきてくれたのに、慌ただしいことになって」

「いや、それはいいけど」

「そのまま泊まることになると思うから、お父さんと適当にしていてくれる？」

「わかった」

「二階の客間に、すぐ敷けるようにお布団を用意してあるから。それからバスタオルも新しいものが棚にあるから使ってね。それから……」

「大丈夫。オレだって家事は普段からやってるんだから。母さんこそ、運転には気をつけて」

「ありがとう。朝ごはんもちゃんと食べてね」

もう母親に世話をしてもらわなくても、なんでも自分でできるのだが、母親にとって息子はいつまでも子供なのだろう。

車が走り去るまで見送った京は、リビングに戻った。

ひとまずシンクに下ろしてあった食器を洗い、水切りかごに丁寧に並べる。

それから、もう呑むような気分でもなくなったのか、炬燵で大人しくしている父親に声をかけた。

「父さん、オレもこれで帰るよ」

「二泊の予定じゃなかったのか？」

「こっちにオレがいたら、母さんも余計な気を遣うだろ」

「それはそうだが……でも母さんは、おまえが帰ってくるのを楽しみにしてたんだぞ」

残念そうに引き止めてくれる父親も、息子の将来を心配するあまりに良縁を紹介しようとする母親も、けっして悪い人たちではない。

息子のことを想う、いたって普通の親なのだ。

だからこそ京は、そんな両親に本当のことが言えず、それを重荷に感じていた。

「ごめん。まだ電車もあるし、近いうちにまた来ることにするよ」

そう言うと、父親も強く引き止めるつもりはないのか頷いてくれた。

「わかった。ゆっくりと休ませてやりたかったのに、すまないな」

「父さんが謝ることじゃないよ」

「母さんにはあとでおまえから電話してやってくれ。泊まらずに帰ったこと、残念だって文句を聞いてやるのも親孝行だと思ってな」

「そうするよ」

和室にかけられていたコートと荷物を回収して、暖かな家から、冷えた夜道へと足を踏みだす。

正月から寝込んでいる妹夫婦には気の毒だが、早々に帰れる理由を作ってくれたことを、どこか有難いと感じている自分がいて、京はひっそりと苦笑した。

　また二時間かけてようやくマンションへ帰って来た京は、玄関へ入るなり、その形のいい眉をひそめた。

「……あれ？」

　廊下に漂うほのかに暖かい空気。

　部屋のドアの隙間から薄くもれる灯りと、確かに感じる人の気配。

　まさかと思いながら急いで靴を脱いでいると、灯りがもれていた部屋のドアが開いて、成秋があらわれた。

「京、どうした、帰省したんじゃなかったのか？」

「成秋こそ、なんでまだいるの？」

　成秋も京と同じく二泊三日の予定で帰省したはずだ。

　どうしてマンションにいるのか、お互いに首を傾げながら見つめ合っていたが、成秋が急になにかに気づいたように目を見張った。

「寒かっただろ。温かい飲み物を淹れてくる」

「ああ、自分でやるよ」

「いいから、京は俺の部屋にいてくれ」

　リビングはかなり前に暖房のスイッチを切ったので、すっかり冷えているのだという。

京は脱いだコートと荷物を自室に置くと、部屋着に着替え、廊下を挟《はさ》んで向かい側にある成秋の部屋に入った。

冷えた肌を温める空気と、ほのかに残る成秋の匂いに包まれて、ほっと身体の芯からこわばりが解けていくのがわかる。

ほんの数時間ほど出かけただけなのに、帰ってきたという気持ちになるのは、ここが京にとっての家だからなのだろう。

京はベッドの上掛けをめくると、遠慮なくなかへもぐり込んだ。

壁際に置かれたテレビの画面が、一時停止された画像で止まっている。

録画した映画でも観ていたのか、床には小さなトレイが置かれ、その上には缶ビールとつまみが乗っていた。

どうやらひとりで寛いでいたようだ。

しばらくすると、廊下のほうからコーヒーの香ばしい匂いが漂ってきた。

「京?」

戻って来た成秋に名前を呼ばれ、かぶっていた羽毛布団から顔をだす。

成秋はサイドテーブルにカップを置くと、ベッドの端に座った。

「眠いのか?」

「いや、ちょっと安心しただけ」

成秋の傍に戻ってきたら、心が緩んだのだ。

そう言っているのに、成秋は意味がよくわからなかったらしく、首を傾げている。

京は身体を起こすと、ベッドの上に座りなおした。

「ところで成秋、もしかしてずっと家にいたの？」

成秋の実家は、ここから電車で三十分ほど離れた、閑静な住宅街にある低層マンションだ。

祠堂家の自宅は京が知っているだけでも三回は引っ越しのために変わっていて、去年の春から住んでいる現在のマンションは、外観すら見たことがない。

京の予想は当たったようで、成秋は悪戯が見つかってばつが悪くなった子供のように、ふいっと目を背けた。

「ああ、あっちに行っても誰もいないからな」

「誰も？」

「ハワイだかグアムだか、とにかく出かけるから、そっちも勝手にしろと言われた」

京もほんの数回しか会ったことがない成秋の両親は、どちらも趣味を生業《なりわい》にした、仕事が大好きな人達だ。

普段はそれぞれのペースで、お互いに自由に好きなことをしながら、たまの長い休みだけ一緒に過ごしているのだという。

成秋が大学生のころには、ふたりはすでにそんな感じで、成秋に対して余計な干渉をしない、独特の距離感がある親子だった。

「それに、あそこは親が住んでる場所であって、俺の帰る家じゃない。ひとりでいても落ち着かないだけだ」

「それならそうと言ってくれたらよかったのに」

「気にするだろ、京は。オレも戻らないとか言いだしそうだし」

「それは……確かにそうだけど」

成秋をひとり残して自分だけ帰るのは忍びない。実家へはいつでも帰れるから、ふたりで過ごそうと提案しただろう。

「それで京は？　おまえも、帰ったら誰もいなかったわけじゃないだろう」

「オレは……」

京は実家に帰ってからの出来事を簡単に語った。

「インフルエンザか。大変だな」

「うん。たぶんうちの実家でも甥っ子を預かることになるだろうし、オレがいたら母親が余計に気を遣うのがわかってるからね」

元気盛りの三歳児の面倒をみるのはなかなか大変だ。

ふたりの看病も含め、両家で交代しながら世話をすることになるだろう。

ちなみに妹夫婦は交際を始めた当初から、両方の親に関係をオープンにしていて、早くから家族ぐるみのつき合いをしていたそうだ。

いまでも三家族が揃って旅行をするほど仲がいい。

妹の旦那は同じ高校の先輩で、実家もそれなりに近い。地元が同じだと、こういうときに協力しやすいから便利だと、以前妹が笑っていた。

「……というのは建前で、本当は逃げてきたようなものなんだけどね」

膝を抱えながら、明るく言ったつもりだったのに、予想以上に自嘲《じちょう》気味の声がでてしまった。

「京？　なにかあったのか？」

敏感になにかを察したのか、膝頭に顎《あご》を乗せて俯いた京の頭を、成秋の手が優しく撫《な》でる。

大したことではないと誤魔化すこともできた。

そうすれば成秋も、これ以上は訊かないだろうとわかっていた。

だが京は話したい気持ちになった。

「成秋は、親からなにか言われない？」

「なにか、とは？」

「つき合っている彼女はいないのか、そろそろ結婚の予定はないのか、とか」

「ああ……」

成秋は納得したように頷くと、なにか思うところがあるのか、難しい表情をしながら目を細めた。

「言われたのか」

「まあね。別に今回が初めてってわけじゃないし、いままでも軽く受け流してきたけど……なんだろうね、自分のなかでいろいろと変化があっただけに、ちょっと受け止めかたも変わったというか、やけに胸に残ってしまって」

「変化というと」

「あっただろ、去年の暮れに。成秋がバラの花束をくれたことだよ」

「ああ、そうだな。確かに京も俺も、去年までとは状況も心境も変わったな」

先のことはどうなるかわからないけれど、いまはふたりでいる。というのと、将来を誓ったうえでふたりでいるのとでは、大きな違いがある。

結婚の予定はないのかと訊かれて、いまは成秋とつき合っているのでそんな気にならないというのと、成秋を伴侶に選んだので、そんな予定はいっさいなくなったのとでは、まったく別の話なのだ。

「今日はやけにしつこかったし、どうしたんだろうな、あれ。年齢を重ねるほどにプレッシャーが重くなっていくのかと思うと、いまから気が重いよ」

さすがに知人のお嬢さんを紹介されそうになった件は、内緒にしておいた。

ちょっとした嫉妬《しっと》は愛情の確認にもなるが、度が過ぎると危険なのは自分が一番よく知っている。

少しばかり愚痴《ぐち》をこぼしたかっただけだ。

胸を塞ぐ気分を吐きだして、共感してもらえればそれでよかった。

大変だったな。だが親は子供の心配ばかりする生き物だから、仕方がない。話を聞いてやるのも親孝行のうちだ。

そんなふうに慰《なぐさ》めて、励ましてもらえたら、明日まで引きずることなくこれで終わりにできる。

その程度の話だった。それなのに。

「挨拶に行くか」

真顔の成秋が、おかしなことを言いだした。

「……はい？」

「早いほうがよければ明日にでも。いや、明日は、お母さんは看病で留守だったな。俺はいつでもかまわないから、都合のいい日を確認しておいてくれ」

「えっ、ちょっと待って？　なに、挨拶って、どういうこと？」

「京のご両親に挨拶をするんだろ。映画やドラマによくある『息子さんをください』ってやつ。いや、もう貰ってしまったから、事後承諾になるか」

「……はあ」

京は耳を疑った。

「そうなると『息子さんはいただきました』が正解なのか？　京はどう思う？」

なにが正解とか、そういう問題ではないだろう。

なぜ成秋はそんなにも平然としていられるのだろう。

「本当にちょっと待って、なんでそんな話になるの？」

「親からいろいろと言われることがプレッシャーで、気が重いんだろう？」

「そうだけど、でも、それとこれとは……」

「息子のことは、なんの心配もいらないと、わかってもらえばいい。安心させてやればいいんじゃないのか？」

素晴らしい提案のように言うが、それはいわゆるカミングアウトというやつではないか。

頷かない京の髪をさらりと撫でた成秋が、焦《じ》れたように言う。

「俺が相手では不満か？」

「そんなことない。成秋がだめとか、そういうことじゃないんだよ」

それだけは即座に否定した。

成秋との関係を悔《く》いてはいない。

だから成秋がそうと望んだとき以外は、別れるつもりも離れるつもりもない。

これからまた十年先まで一緒にいると誓った。

もっと確かなつながりが欲しくて、結婚という言葉の力を借りて、生涯の伴侶という立場におさまった。

どうしてもどちらかを選ばなければならないとしたら、京は両親ではなく、成秋を選ぶ。

その気持ちだけは揺るがない。

覚悟はできているつもりだ。

でも、それでも、いつか京が良縁に恵まれ、妹夫婦のような幸せな家庭を築くことを期待している両親の、親が当たり前に持つだろう希望に応えられない自分に、苦い思いを抱かないわけではない。

こんなことでも自分は足踏みをするのだなと、京はぼんやりと感じた。

去年の秋から冬のころ、成秋との間がうまくかみ合わず、気持ちがすれ違っていたころのことだ。

交際十年目の求婚を目指して一念発起した成秋と、現状維持で満足していた京は、いつの間にか歩調がずれてしまっていた。

いまでは笑いながら思い返せる話だが、前へ進もうと手を引いてくれる成秋と、一歩を踏みだすことができない京と、状況はあのときと似ている気がした。

けれども今回のことは、あのときとは違う。ふたりだけの問題だった去年と違って、お互いの家族を巻き込むことなのだ。

現状維持でいいではないか。

親からのプレッシャーが重いなんて、適齢期のものなら男女問わず、少なからず感じることだ。

他愛のない愚痴だ。ちょっとぼやいてみたかっただけだ。

それを親に挨拶するとか、カミングアウトとか、そんなに重い話にするつもりはなかったのだ。

「うちはごく普通の家なんだ」

「知ってる。うちとは違う、仲のいい家族だ」

「そうだよ。息子の結婚に夢をみてる、心配性の母親なんだよ。カミングアウトなんて、思いつきでそんなに簡単にできることじゃないんだよ」

ふつふつと腹のあたりに湧いてくる苛立ちを、やつあたりぎみに投げつける。

途端に成秋が、怖いくらいの真顔になった。

「俺は思いつきで言ったわけじゃない」

思いがけず真剣な様子で返されて、京は息をのんだ。

細めた瞳は剣呑《けんのん》さを孕《はら》み、成秋が激しく機嫌を損ねているのが伝わってくる。

なにが成秋のスイッチを入れたのかわからなかったが、自分の態度がよくなかったのだろう。

もっとこじれる前に謝るべきだと、京は反射的に動いた。

「ごめん。言いすぎた」

素直に頭を下げると、成秋も、ふっと息をついて気配を和らげる。

「いや……俺も悪かった。京を困らせるつもりはなかった。さっきの話は忘れてくれ」

「成秋」

「そろそろ寝る。京は？」

一方的に話を切り上げられ、これからどうするのか訊かれたが、なんとなく一緒に寝るとは言い辛い雰囲気だ。

「オレは……お風呂がまだだから。先に寝て」

「わかった。おやすみ」

挨拶代わりに髪を撫でた成秋の手が、あっさりと離れていった。

元の空気に戻ったようで、なんとなく違う。

入浴を済ませたあと、京は迷ったが、結局自室に戻って自分のベッドで眠った。

買い物デートを楽しんだ三十日も。

完全なる休日だと決めて、前の夜からの余韻が抜けないまま、ベッドからでるのが遅くなってしまった大晦日も。

忙しさが落ち着いてからはずっと、必ず一緒に眠っていたのに。

新年の始まりから気まずいことになってしまった。


正月休みが明け、通常の生活に戻って約二週間。

仕事場は年末の大掃除のおかげで、まだ整然とした状態が保たれている。

成秋が取りかかっているのは、月刊誌『プレジール』の特集ページだ。相沢《あいざわ》が担当になってから、より一層力が入るようになった特集には、成秋もやりがいを感じているらしい。

そちらが終わり次第、ムック本の続編に取りかかる予定になっていた。

継続してアルバイトに来てもらうことになった貴洋も、大学の後期授業が再開していて、授業や課題が忙しそうだ。

「貴洋くん、その作業、手間取るようならオレに分けてくれていいからね」

「ありがとうございます。大丈夫だと思いますが、もしものときは相談させてください」

「わかった。そのときは早めにね」

作業の進行状況を管理するのも京の仕事だ。

貴洋のほうは問題なさそうだと安心し、成秋にも声をかける。

「成秋は？　順調？」

「ああ」

成秋からは、素っ気ない返事が返ってきた。

目線はモニターに向けられたまま、京のほうをチラリとも見やしない。

日々は変わりなく流れているのに、京と成秋の間には、微妙なわだかまりが残っていた。

お互いに仕事にプライベートは持ち込まない主義なので、仕事場にいる間はなんの問題もない。

貴洋が作業に加わっているときは特に意識して、いつもどおりの態度を心掛けている。

だが就業時間を終えると、成秋の口数がますます減り、ふたりを取り囲む空気が重くなるのだ。

原因は間違いなく元旦の夜の一件だろう。

気まずくなる前の状態に戻りたくて、もう一度あやまってみたのだが、成秋には『全然気にしてないから、忘れてくれ』と言われただけだった。

そのくせ態度が改善しないのだから始末に負えない。

忘れてくれと言ったはずの本人が忘れていないだろうと、心のなかで突っ込んでしまったくらいだ。

自分のなかでなにかしらの決着がつくまで、京にも関わらせてくれなくなると、もうお手上げだった。

いったいどこから攻略すればいいのかわからなくて、京は途方に暮れていた。

今日は外出の予定がないので、いつもより楽なざっくりとしたニットを着て、ベージュのチノパンをはいている。

無意識にため息をこぼしながら、ノートパソコンに向かって事務作業を進めていると、貴洋がそっと京の隣に立つ気配がする。

不思議に思って視線を向けると、貴洋は成秋のほうを気にしつつ、出力紙で口元を隠しながら、京へとこっそりささやいた。

「なにかありました？」

「えっ？」

「空気が変ですよ、年明けからずっと」

「……そうかな」

曖昧《あいまい》に笑い返すと、貴洋は疑わしそうに口元をむっとさせる。

どうやらなにかあったと確信したから、こうして話しかけてくれたらしい。

仕事場ではそつなく振る舞っていたつもりだが、周りにはそう見えなかったのだろうか。

それとも貴洋が鋭いだけなのだろうか。

ごまかしたところで納得してくれるとは思えなくて、京も出力紙の陰で、こっそりと返事をした。

「でも、ケンカとか、そんなんじゃないよ」

「……朝《とも》にいを呼びましょうか」

「なんで相沢？」

「いえ、朝にいのほうが、いろいろと相談しやすいかと思って」

そこまで気遣ってもらえるとは、本当に頭が下がる思いだ。

いまとなっては貴洋に成秋との関係を隠そうとしたことが、どんなに無意味だったのかわかる。

けれども誰もが貴洋のように理解を示し、受け止めてくれるわけではない。

自分の両親ならきっとわかってくれるなどと、無暗《むやみ》に信じられるほど楽天的でもないのだ。

こそこそと会話していると、ふいに椅子がガタリと動く音がする。

ふたりが出力紙から顔を出すと、席を立った成秋が、スマートフォンを手に取るところだった。

白のロングTシャツに厚手の柄物シャツをはおり、細身のジーンズをはいた成秋は、ちらりと京へ視線を向ける。

「京」

「なに？」

自分の心のうちを見透かされるような気がして、少し身構えてしまう。

「ちょっと出てくる」

「えっ、あ……了解」

それだけ告げると、成秋は足早に仕事場を出て行ってしまった。

どの仕事も納期まで余裕があるので、引き止めずに見送ったが、驚きは隠せない。

残されたふたりはしばらく呆然としていたが、先に貴洋が我に返った。

「ほら、やっぱりおかしいです。戻りの時間、確認しなかったですよ、お互いに」

「そう……だね」

「そうですよ」

京は目を瞬《またた》かせた。

確かに成秋が仕事中に、行き先も目的も告げずに外出することはほとんどないし、それに対して京が問いかけも確かめもしないで放置したのも、いままでならあり得ないことだ。

よく見ているのだなと、京はしみじみと感心しながら貴洋を見つめた。

まだ大学生で、こちらが一方的に教える立場なのだと思っていたが、そうではないのだ。

貴洋からも教わることはたくさんある。

本人にそのつもりがなくても、京が一方的に受け取ることもある。

仕事に関してはいまでも十分に助けてもらっているのに。

いくつになっても学ぶことはあるのだと、いつの間にか忘れていた。

ひとりで考え込むだけでなく、誰かに話を聞いてもらうことで、探していた答えが見つかることもある。そう教えてくれたのも、貴洋と、彼の叔父の相沢だった。

ちょうど成秋も外出したことだし、状況は整っている。

「休憩がてら、話を聞いてくれるかな」

「おれでよければ、喜んで」

「ありがとう。コーヒーを淹れるから、待っていて」

入力していたデータを素早く保存すると、京は貴洋をソファセットへと誘った。

貴洋のぶんはカフェオレにして、ついでに焼き菓子も添えてやる。

急ぐ仕事があるわけでもないし、こんな日もたまにはいいだろう。

熱いコーヒーを一口飲んで、京はソファの背にもたれかかった。

「もう、この際だからぶっちゃけるし、とても個人的な話題で、貴洋くんなら理解してもらえるだろうと期待してのことなんだけど」

この聡《さと》い少年に話してみようと決めたものの、つい前置きをして予防線を張ってしまう。

秘める関係しか知らないせいで、まともな恋愛相談などしたことがないのだ。

「はい、どうぞ」

ほわっと笑って雰囲気を和らげた貴洋の、高校生のころから免疫があるという言葉と経験を信じて。

「ケンカじゃなく、意見のすれ違いで、いまちょっと気まずくなってるんだよね。実は、正月に帰省したたときの話の流れから、あいつがうちの親に挨拶するとか言いだして」

「それは……まず確認ですが、祠堂さんは、市瀬《いちのせ》さんのご両親と面識があるんですか？」

「何度か会ってるよ。大学時代には友人として。事務所を立ち上げるときには、仕事仲間としてね」

「じゃあやっぱり、その挨拶ってあれですよね。『息子さんをください』ってやつ」

それで正解だと京は頷いた。

正確には『息子さんはいただきました』だそうだが、その辺りのことはさすがに恥ずかしいので黙っておく。

「それはまた、繊細で難しい問題ですね」

さすがに予想外の内容だったのか、貴洋は目を丸くしていた。

「祠堂さんは挨拶をしたがっていて、でも市瀬さんは困っていると」

「うちの両親は、成秋のことをただの仕事仲間だと思ってる。だから絶対驚くと思うんだよ。ためらうのは当然だろ」

「祠堂さんが行動に移そうとしたきっかけが、お正月にあったわけですか？」

京はコーヒーカップを手に持って、またこくりと頷いた。

「この年齢になると、顔を合わせれば、恋人のこととか将来のこととか、親から訊かれるもので、いままでは、のらりくらりとかわしてきたんだけど……今年はやけにしつこくて。まだ仕事場で同居してるのか、不便じゃないのかって言われてさ。だんだん面倒になってきて、ちょっと愚痴りたくて成秋に話したら、なぜか挨拶なんて流れに」

そのときのやりとりを思い出して、京はため息をこぼした。

「わかってるんだよ、成秋がオレのために言ってくれたってこと。そもそもオレが愚痴なんか言わずに、自分の胸に秘めておけばよかったんだってことも。でも、だからってそう簡単に頷くわけにはいかないだろ」

成秋にも秘密にしているが、相手がいないのであれば紹介するとまで言われたのだ。

実際に外堀を埋められそうになって、京は母親の本気度を肌で感じた。

「それとも、恋人のために行動してくれようとした成秋の気持ちに感謝して、頷くべきだったのかな」

貴洋ならどう思うか、確かめたくて目を見つめると、大きく首を横に振ってくれた。

「市瀬さんが迷ってるのに、頷かなくていいと思います」

自分の感覚がおかしいわけではないとわかって、京は少しばかり安心した。

「でも、祠堂さんも、ずいぶんと思いきったことを言いますよね。ご両親に挨拶なんて」

「本当にね。お互いの立場が違うから、そんな発想になるのかもね」

「立場ですか?」

「うん。成秋のご両親は放任主義なのか、ほとんど干渉してこない人たちなんだよ。だから成秋にとって親にプライベートを打ち明けるのは、事務的な報告と変わらないのかもしれないと思って。オレとはハードルの高さが違うんだよ。うちの親は、ごく普通の人たちだから」

成秋とのことを告白したら、きっととても驚いて、理解に苦しむだろう。

どう考えても不安要素だらけだ。

「それにうちは、妹が早くに嫁いでいるから、余計に期待されてるところがあるようで。次はお兄ちゃんの番よって」

「妹さんがいらっしゃるんですね。ちなみに妹さんはどうですか? ご両親からのプレッシャーのこととか、なにか言ってますか?」

「いや、妹とは、あまり連絡を取らないから……ああ、でもそういやこの前、久しぶりに電話があったな。母親のことも、少し話したかも」

「なんて言ってました?」

その出来事のどのあたりに興味をそそられたのかはわからないが、京は妹とのやりとりを思い返すと、ざっくりとまとめて教えた。

一週間ほど前の夜に、めずらしく向こうから連絡があったのだ。

　内容は遅くなった新年のあいさつと、病気が完治した報告で、京はそのときひとりで自室にいた。

『まさか新年早々、ふたりそろって寝込むとは思わなかったわ』

「そんなところまで夫婦仲がいいんだな」

『まあね。でも迷惑かけてごめんね。せっかく帰ったのに、ゆっくりできなかったでしょ』

「べつに、気にしなくていい。それより……母さん、なにか言ってたか？」

『ああ、お見合いのこと？　兄さんに逃げられたって、悔しがってたよ』

　やはりあれは見合いだったのかと、京はげんなりした。

　気軽な食事という言葉を信じて、母親の顔を立てるつもりで頷かなくてよかったと、心底思う。

　親孝行したい気持ちはもちろんあるが、それとこれとは別だろう。

　それにだまし討ちみたいなやり方は、京の性格上、受け入れ難い。

『とりあえず恋人がいるって言っておけばいいのに』

「えっ？」

『だって、いるんでしょ？　あれ、違ったかな』

　我が妹ながら鋭い切り口に、京は内心で焦った。

「なんでそう思った？」

『うーん……だって兄さん、持ってる空気がいつも落ち着いてるというか、安定してるから。だから誰か寄りかかれる相手が傍にいるんだろうなって思ってたの。ちなみにわたしが高校生のころから、そんな感じがしてたよ』

「おまえ……鋭いな」

『あれ、当たってた？　まあ、旦那に言われて気づいたんだけどね』

「旦那さんに？」

『うん。自分じゃまったく意識してなかったけど、旦那と兄さん、落ち着いた雰囲気が似てるなって気づいて。そう言ったら、じゃあ義兄《にい》さんにも大切な人が傍にいるんだろうねって。ぼくがいまこうして落ち着いていられるのは、きみが傍にいてくれているからだよって。もうやだっ、ごめんね！　つい惚気《のろけ》ちゃったよーっ』

通話の向こうでいきなりテンションが上がって驚いたが、幸せそうな雰囲気が怒涛のごとく伝わってくるので、いいことだと黙って受け止めてやる。

言われてみれば、妹が伝えようとしてくれたことは、とても納得できることだった。

いま自分が泰然としていられるのは、成秋が傍にいてくれるからだ。

もしものときには頼れる相手がいる。一緒に立ち向かってくれる。背中を押してくれる。

そんな存在がいてくれることが、どれだけ自分の生きる力になっていることか。

きっと妹の旦那も、それを日々実感しているのだろう。

交流が少ないせいで、どこか遠い存在だと思っていた妹に、急に親近感がわいてきて、京はそんな現金な自分がおかしくなった。

距離を置いていたのはたぶん自分のほうで、その理由は、成秋との関係を悟られたくなかったからだといまならわかる。

「そうだよな、一緒に寝込むほど仲がいいもんな」

『ああ……本当にお騒がせしてすみませんでした』

ぺこりと頭を下げている気配がして、京は笑みを誘われた。

気にしてちゃんと連絡をしてきたのだから、可愛《かわい》いものだ。

『兄さんの好きにすればいいよ』

「うん？」

『お母さんもさ、自分なりの夢とか希望とかあるから、いろいろ言うだろうけど、兄さんがそれに合わせる必要はないからね』

急に大人びた声になった妹の言葉が、優しく胸に染み入る。

『まだ内緒にしておきたいなら、お母さんには絶対に言わないから、なにかあるなら頼ってよね。もしものときは、わたしは兄さんの味方になるから』

彼女はどこまで真実に気づいているのだろうと、ふと疑問が湧いてきた。

どれも意味深で、深読みのできる言葉に、京はつい試すような返事をする。

「……そんなに簡単に言っていいのか？」

『えっ、だって、わたしの兄さんはあなたひとりだもの。味方にならないでどうするの』

「そう……ですか」

『そうですよ。ちゃんと覚えておいてね』

いままでそんなふうに言われたことがなかったので、密かに驚きながら、それでもじわりと温かくなる胸をくすぐったく思いながら、その夜は通話を終えたのだった。

確かに思い返してみると、彼女はずいぶんと気になることを言っていた。

「妹さんは、市瀬さんの味方なんですね」

ほっとしたように微笑《ほほえ》む貴洋に、京は首を傾げた。

「それ、そんなに気になるところかな？」

「はい。おれの知人の場合ですが、女姉妹が味方をしてくれて、うまくいったことがあったので」

京と同じように同性を伴侶に選んだ貴洋の知人は、姉の協力で親との関係を修復したのだそうだ。

自分の場合も、もしかしたら妹が力になってくれるのかもしれない。

けれども京は、そこまでの実感が湧かないというのが本音だった。

「味方してくれるのは嬉しいけど、オレは現状維持のままでいいのにな……」

まだ周囲に波風を立てるような度胸はない。

もしかしたら向けられるかもしれない親からの非難の目を、受け止める覚悟もない。

十年目の求婚を受け、伴侶として生きていく覚悟をしたつもりでいたけれど、それはあくまで成秋とふたりの間だけでの話だったのだと、いまさら実感していた。

覚悟が足りないから、また足並みが揃《そろ》わなくなったのだろうか。

けっして軽い気持ちで求婚を受け入れたつもりはないのだが、自分には早すぎたのだろうか。

覚悟が育つまで、待ってもらうべきだったのだろうか。

ぐるぐると考えていると、次第に頭が項垂れ、気分も落ち込んでくる。

「あの、ひとついいですか？」

京が落ち込んでいる傍で、しきりとなにかを考え込んでいた貴洋が、急に真剣な顔をしながらこちらへ身を乗り出してきた。

「えっ、あ、うん」

「祠堂さんって、話の流れとか思いつきとかで、そういうこと言いだす人ですかね」

「……えっ？」

「市瀬さんは、話の流れで挨拶の話になったって言ってましたけど、本当に理由はそれだけだったのかなって、ちょっと気になったんです」

「それは……」

一体どういうことだろう。

京は必死に思考を回転させて考えた。

貴洋はなにかとても大切なことを教えてくれたような気がする。

見逃してはいけない、なかったことにしてはいけない、胸にきちんと残しておかなければならない、そんな大切なことを。

京はあのとき、成秋は自分の愚痴がきっかけで、挨拶に行くという対処法を思いついたのだと考えていた。

確かに成秋は、軽い思いつきではないと機嫌を損ねたのではなかったか。

両親に挨拶という衝撃が強すぎて、それ以外のことがすっかりぼやけていた。

「というわけで、今日はこれであがらせてもらっていいですか？」

「えっ？」

貴洋はソファから立ち上がると、いたずらをする子供のような顔で笑った。

「あまり作業をしていなくて恐縮ですが、指示をくれる上司は戻ってこないですし。そのぶん明日頑張りますから」

作業の都合のように言いながら、実は気を遣ってくれているのだとわかる。

「現状維持でいたいって、伝えてみたらいいと思います。それで祠堂さんがもっとへそを曲げるなら、次は朝にいも巻き込んで対策を考えましょう」

「なんで相沢も？」

「だって朝にい、祠堂さんのことがすごく好きみたいですから」

「……えっ？」

「祠堂さんのことを話すとき、口では面倒くさいやつだと言いながら、いつも自慢げですよね」

「ああ、それ、なんとなくわかる」

京はすんなりと納得した。大学時代の相沢は、成秋の不愛想な態度に少しも挫《くじ》けずに、いつの間にか自分なりの距離感をつかんで傍にいた。

人当たりがいいようでいて、実は大事にする相手をしっかりと選んでいた相沢からしてみれば、それは格別の対応だっただろう。

「だから相談を持ちかけたら、しれっとした顔をしながらも、内心ではすごく喜ぶと思いますよ」

にこっと、貴洋はそれは罪のない笑顔を浮かべた。

よく考えると笑えない発言に、京は無意識にちょっと引いていた。

驚くのは貴洋の鋭い観察眼だ。あの相沢でさえ、ここまで見抜かれているとは思わなかった。

「そうだな。そのときは巻き込まれてもらおうか」

「はいっ」

嬉しそうな笑顔は、まだ少年のあどけなさを残しているというのに、なんだか末恐ろしいものがある。

「それじゃあ、お先に失礼します」

貴洋は飲み終えたコーヒーカップを持ってキッチンに入ると、丁寧に洗って水切りカゴに伏せたあと、

「頑張ってくださいね」

そう言って、荷物を肩にかけて帰っていった。

帰りぎわの励ましは照れくさかったが、悪い気分ではない。

急に静かになったリビングに、京だけが残されていた。

仕事場では、たまに音楽をかけたりラジオを流したりして気分転換をはかることもあるが、今日はなにもつけていないので、余計に静けさが耳に染みる。

寒さを遮るために窓を閉めきっているので、外の物音もここまで届いてこない。

「……とりあえず、仕事するか」

京は自分の机に戻ると、パソコンに向かって仕事を再開した。

いつの間にか作業に集中していて、三十分ほど経っただろうか。

足音と共にドアが開く音が聞こえてきて、パソコンから顔を上げると、成秋が作業場に戻ってきた。

成秋は黒いダウンジャケットを脱いで、無造作にソファの背に置いている。

京はまだ仕事中という立場から、さりげなく声をかけた。

「おかえり、成秋」

「……ただいま」

「貴洋くん、今日はもう上がってもらったよ。残りは明日頑張るって言ってたから、それでいいって」

業務連絡のつもりで説明していた京だが、

「京」

いきなり目の前に花束を差しだされて、言葉を詰まらせた。

それは艶《つや》やかな花びらが幾重にも開いた、大輪の赤い薔薇《ばら》だった。

「……なに、これ」

成秋は受け取れと言わんばかりに花束を軽く揺らして催促してくる。

椅子から立ち上がり、そっと腕に抱えながら受け取ると、

「悪かった」

成秋のほうから謝られた。

「成秋？」

「このところ、俺は態度が悪かった」

「だから、これを？」

謝るためにわざわざ買ってきたのかと問うと、成秋はこくりと頷いた。

「言葉だけじゃなく、気持ちを表す形もあったほうが、伝わるかと思って」

それで選んだのが、この大きな花束だというのか。

二十本はありそうなそれに顔を寄せると、澄んだ香りがふわりと鼻をくすぐった。

「これが成秋の気持ちなのか」

「ああ」

「とても綺麗だ」

自然と顔が綻《ほころ》ぶと、成秋もほっとしたのか、目元が優しくなった。

前回とは色違いだが、また薔薇の花束だ。偶然なのか、なにか意図があるのか、成秋はどういう基準でこの花を選んだのだろう。

「オレ、花が好きだって言ったことあったかな」

「いや、ない。だが花を貰って嫌なやつはあまりいないと聞いたからな。白いのも、喜んで受け取ってくれたし」

求婚のときの花束をさしているのだと気づいて、京は即座に応えていた。

「当たり前だろ、あれは特別なんだから。あれは成秋の、十年分の想いが託された花だっただろう」

冬の庭園から大切に持ち帰った白薔薇は、リビングに飾られ、京の目と心を楽しませてくれた。

記念の花なのでドライフラワーにして保存することも考えたが、当時の多忙さと、加工する知識も技術もなかったために諦めたのだった。

盛りを過ぎて萎《しお》れた花を処分するとき、残念そうにしていたら、成秋はまたいつか花を贈るからと慰めてくれた。

この赤薔薇は、あのときの約束を守ってくれたものでもあるのだろうか。

「これをくれたってことは、成秋も仲直りしたいと思ってくれてるってことでいいんだよね？」

「べつに、ケンカしてたわけじゃないだろ」

「そうかな、似たようなものだよ」

京は花束をそっと机に下ろすと、成秋と向き合った。

「成秋、オレはまだ、できるだけ周囲に波風を立てないように過ごしていたい」

「そうか」

「覚悟ができてなくてごめん。成秋と生きていくって決めたのだから、親のことも含めて、一緒に胸を張って立ち向かうべきなのに」

成秋を選んだことは、いまでも間違っていないと思っている。

成秋がいない十年先など想像ができないし、したくもない。

ずっと一緒に歩いて行こうと決めた成秋が、前へ踏み出そうとするなら、足並みを揃えて進むべきなのに、どうにもいまはうまく合わせられない。

俯いていると、成秋の手のひらが京の髪をやんわりと撫でた。

「それは、少し違うな」

「成秋？」

「俺が挨拶の件を提案したのは、へこんでいた京のためとか、いい機会だと思ったからとか、理由はいろいろとあるが、半分は下心だった。困らせるつもりはなかった。だから京に無理だと拒否られたときに、すぐに忘れてくれと言ったんだ」

「……下心？」

思いがけない告白をされて問い返すと、成秋はなぜかばつが悪い様子で、そっと目を逸らしてしまった。

なぜそんな顔をするのかわからなくて、京は成秋の手を取ると、きゅっと握ってみる。

「成秋？」

「……だから、親公認になったら、京は名実ともに俺のものだって思ったんだよ」

「……えっ？」

思いがけない告白に、京は見開いた目を丸くした。

挨拶はカミングアウトだと重く考え、覚悟のなさを嘆いてみたり、成秋の気遣いに応えられない自分のふがいなさに落ち込んだりもした。

だが成秋は、これを機会に親公認の伴侶になりたかっただけなのか。

だから困ればすぐに引きさがり、もう気にするなと流してしまおうとしたのか。

「こんな度量の狭い考え、本当は言いたくなかったが、でもちゃんと話さないと伝わらないからな」

本当に恥ずかしいらしく、顔を背けた成秋の頬が、ほんのりと色づいている。

「それに、京のお母さんなら、心を尽くして話せば理解してもらえるんじゃないかと、甘い考えもあった」

「確かに、その可能性も少しはあるかも。うちの母親、成秋のことをすごく気に入っているからね」

独立を報告したときは、まだふたりが若かったこともあって随分と心配されたが、そのあと順調に事務所を経営したことで、徐々に信頼を勝ち得ていった。

一緒に独立してくれたのが成秋でよかったと、何度も褒められたくらいだ。

そのときは恋人であることを隠していたので、言葉を素直に受け止められなかったが、理解してもらえる未来もあるのかもしれない。

「京の言うとおり、波風を立てないで済むなら、それにこしたことはない。だから挨拶の話は、もう気にしないでくれ」

「……うん。わかった」

「またお母さんからプレッシャーをかけられるかもしれないが、まあ頑張ってくれ」

「…頑張る」

それも成秋と一緒にいるために必要なことなら、笑って受け流せるようになろう。

成秋が傍にいてくれたら、自分はもっとずっと強くなれるはずだから。

「落ち込んだときは、成秋がオレを癒してね」

「そうだな。旦那の務めだからな」

「言ってろ」

京は机の上の花束を抱え上げた。

「成秋、お花、ありがとう」

礼を言って、花を飾るためにキッチンへ向かうと、なぜか成秋もあとをついて来た。

「京」

「なに？」

収納棚から取り出した花瓶に水を入れ、花束の包みを解いて活けていく。

その間、成秋はずっと京の腰に腕を回して抱きかかえ、背中にくっついていた。

「歩きにくいよ、成秋」

綺麗に活《い》けた花瓶を、ソファセットのテーブルの上に飾るときにも、離れようとはしなかった。

「じゃあ、そろそろ仕事に戻ろうか」

もういいだろうと成秋を促すと、腰を抱くその手は離れるどころか、だんだんとあやしい動きを始めた。

京は腕を押さえて動きを止める。

「なんで止める？」

「いや止めるだろ。ここをどこだと思ってるの？」

「……家のリビング」

「だよね、作業場も兼ねてるよね……って、ちょっと！」

セーターの裾をたくし上げた手が、下に着ていたインナーのなかにまで入ってくる。

指の腹で背筋を撫で上げられ、その刺激に弱い京の背中に、ぎゅっと力が入った。

遊ぶように首筋をついばむ唇に気を取られているうちに、背中を撫でるのとは反対の手が、ウエストを緩めようとチノパンのボタンを探っている。

ボタンはあっけなく外れて、京はとっさにまずいと感じた。

「えっ、うそ、本気で？　本当にその気になってるの？」

京はどうにか成秋の行為から逃れようと身を捩るが、腕力が違うせいか、あまりうまくいかない。

「成秋っ」

「うん？」

「うんじゃないだろ！　まだ仕事中だよ、なにやってるのっ！」

京は動揺のあまり一息で言いきると、自由になる手のひらで成秋の腰の辺りを何度もたたいた。

仕事中じゃなくて、ふたりきりのプライベートな時間であれば誘いに応じる。

正月早々気まずい状態になったせいで、ずっと別々のベッドを使っていたのだ。

そろそろ気兼ねなく抱き合いたいと思っていたのは、京も同じだった。

だがここでするのだけは、絶対にダメだ。

仕事場に、恋人同士の甘い空気は持ち込まない。

それはふたりで事務所を立ち上げたときに決めたことだ。

職場も住居も同じでは、どこかで線引きをしないと、けじめがつかない。

同居することで仕事に悪影響を及ぼすのは、なにより我慢ができなかった。

「成秋っ、聞こえてる？」

どこでどうスイッチが入ったのかわからないが、いままでの成秋はこんなふうに公私混同で無理強いをしてきたことがないので、余計に京は慌てた。

「……京」

「なに⁉」

「心臓がすごくドキドキしてるぞ」

くすっと笑いを含んだ声で耳元にささやかれて、それにすらびくりと反応してしまった京は、顔を真っ赤に染める。

「あたりまえだろっ、バカっ」

こんなふうに触られて、冷静でいられるわけがない。

「待って、成秋。ほんとに、勘弁して……っ」

寛いだウエストから入ってきた中指が、下着のゴムもすり抜け、尾てい骨まで下りていく。

それ以上はだめだと、腰を引いて成秋から逃れようとしたが、熱い指先に自分からそこを押しつける形になっただけで逃げられない。

いつの間にか背中を撫でていた手のひらは京の正面へ移動し、薄い胸の感触を楽しむように撫でていた。

「京」

返事をするのもなんだか悔しくて黙っていると、もう一度名前を呼ばれる。

「……なに？」

「京が欲しい」

尾てい骨をゆるく撫でていた指先が、もっと下のほうに隠れている場所まで伸びてきて、とっさに膝が震えた。

「……っ」

意味深に突かれ、そこで覚えた成秋のあれこれを一気に思いだした京は、目の前の肩に凭《もた》れてしがみつくことしかできない。

だめだと言ったのに聞き入れないこの男は、自分を逃がすつもりはまったくなく、諦めるつもりもないのだと悟った。

こうなった成秋には敵わないのだ。

成秋は京の意思を無視して無理矢理に従わせるようなひどいことはしない。

だが引かないと決めたときは、とにかく諦めずに、京が降参するまで手管《てくだ》を駆使して挑んでくる。とにかく承知させればいいのだろうという勢いで。

京も愛情ゆえに拒みきれないところがあるし、そこまで欲しがられて嬉しいと感じる心境もあるので、結局のところは許してしまうのだ。

これもある意味、ひどい男と言えるだろうか。

京は降参の意味を込めて、凭れた肩に頬をすり寄せた。

「……お願い、部屋に連れて行って」

仕事の時間はもうお終いだ。

小さな事務所だからこそ、けじめをきちんとつけなければならないというのに。

本気になった成秋に、京が抗いきれた例がないのだから仕方がない。

「了解」

含み笑いを含んだ甘い声が、耳元をくすぐる。

床についていた足が宙に浮いて、どこかへ運ばれていくのに、京は黙って身を任せる。

すべてはこらえ性のない恋人のせいだと心のなかで責めながら、成秋の首に回した腕に、そっと力を込めた。

十年間で変わったこと。
変わらないこと。

気持ちよく晴れた週末の日曜日は、大抵ベランダにシーツが翻《ひるがえ》っている。

風に乗って流れてくるのは、最近、嫁が気に入って使っている柔軟剤の香り。

さっきまでベランダにいた気配は、いまは廊下にいて、鼻歌交じりに掃除機をかけている。

自分にとっては面倒なだけの家事を、不思議と嫁はいつも楽しげに、てきぱきと手早くこなしていく。

趣味みたいなものだと言っていた。

同居を始めてすぐのころ、不公平にならないように家事は分担して、当番制にすることを提案したのだが、やんわりと却下されたことがあった。

なんでも掃除や洗濯に関しては、自分なりの手順や方法があるので、できれば任せてもらえたほうがやりやすいのだと。

好きなことなので負担にならないと言われては、こちらも甘えるよりほかにない。

嫁と違ってなにもこだわりのない成秋《なるあき》は、お任せしますと全権を托《たく》し、おかげで家のなかはいつも清潔で、整然とした姿を保っていた。

それもこれもみんな、よくできた嫁の働きのおかげだ。

成秋が心のなかで『嫁』と呼び、神経を集中してその動きを追っている彼の名は、市瀬《いちのせ》京《きょう》という。

十年の交際期間を経て求婚し、晴れて生涯の伴侶となった、かけがえのない人だ。

こうして一緒にいるようになって長いけれど、いまだ飽きることなくこの胸をときめかせてくれる、奇跡のように愛おしい存在。

自分は口数も少ないし不愛想だとよく言われるが、表面にでないからといって、感情も平坦で薄いわけではない。

むしろ秘めたこの想いを余すところなく伝えたら、引かれるのではないかと本気で心配するほど、京への感情はいつでも胸のなかで豊かに湧《わ》き続けている。

いつかは全部受け止めてもらえるだろうか。

少しずつだが気持ちを言葉にして伝える努力を始めた成秋は、まだ見せたことのない顔を知られたときの京の反応が、怖くもあり楽しみでもあった。

掃除機を納戸に片付けて戻って来た京を、ソファで寛《くつろ》ぐふりをしながら目で追っていると、ふいに振り返る。

「……成秋」

「なんだ」

出会ったころはまだ幼さを残していた容貌《ようぼう》も、年齢を重ねて成熟し、いまでは硬質な雰囲気のなかにも色気を隠し持つ美人に育った。

思い返せば大学生の京は、生真面目な優等生という印象だった。

十年間で変わったこと。変わらないこと。

人当たりがよくて面倒見のいい、周囲に気遣いのできる男。

初めてかわした会話は、

『休講になったからみんなで学食に行くんだけど、よかったら一緒に行こうよ』

『いや、俺は遠慮する』

それだけで、素っ気ない返事をしてしまった成秋は、彼が話しかけてくることはもうないだろうと思っていた。

だが京は、また似たような理由で成秋に何度も声をかけてきた。

課題が仕上がった打ち上げに、みんなでコーヒーを飲みに行こう。

同じ学科の学生が、バイト先の割引券をくれたので食事に行こう。

足りなくなった画材を買いに出かけるけど、一緒に行かないか。

そんなふうに教室のなかでなにか予定がたつと、京は必ず成秋にも声をかけてくれた。

だが成秋はそれに一度も頷《うなず》いたことはなかった。

一番の理由は、大勢で行動するのが苦手だったから。

そして京が気を配っているのは成秋だけではないと知っていたから、大勢のひとりである自分が行かなくても、たいして問題はないだろうと考えていたからだった。

一般的に、何回か誘いを断れば、相手はそれ以上は声をかけてこなくなるものだ。

成秋は経験から知っていた。

だが京は変わらずに声をかけ続けてくれた。

不思議に思って理由を訊《たず》ねてみると、京は、なぜそんなことを訊かれるのか本気でわかっていないような顔をしながら答えた。

『でも、いつかは一緒に来るかもしれないだろ』

そして学食までつき合わされて、同じテーマの課題について成秋の感想を求められた。

あの頃から成秋は、京を自分のなかの特別な位置に置くようになっていたのだろう。

自分のペースを乱されてもそんなに嫌ではない。

許せると思った相手は、京だけだった。

あれから十年たっても、当時のまま大事なことは遠慮しない京が、成秋のいるソファまでやってくる。

「寝るなら部屋へ行きなよ」

何度忠告されても頷かないとわかっていて、それでも京は声をかけてくれる。

「ここでいい。京の気配が感じられるところにいたい」

素直に言葉にすると、京は困ったような諦めたような顔で微笑《ほほえ》んだ。

「そう言うと思った。お昼はどうする？　なにが食べたい？」

十年間で変わったこと。変わらないこと。

もうそんな時間なのかと、成秋はソファの隅に落ちていたスマートフォンを拾って時刻を確かめた。

「なにがある？」

「そうだなあ……」

京はキッチンに入り、冷蔵庫を開けた途端、げんなりとした声を上げた。

「実家から送られてきた餅が大量にある」

帰省したものの泊まらずに帰ってしまった息子宛てに、京の母親が宅配便で送ってきたのだ。

年明け早々からふたりの間を気まずくした出来事を思いだして、成秋も微妙な気持ちになった。

冷蔵庫を閉じて、次はパントリーを覗《のぞ》き込み、乾麺やパスタソースの在庫を手に取って確認している京は、なにやらぼやいている。

「男ふたりだからこれくらい食べるわよね、なんて。多すぎなんだよ」

それでも親心を無碍《むげ》にできないのか、鍋料理に入れてみたり焼いてみたりと、少しずつでも食べているのだから、成秋に言わせれば、ふたりはごく普通に仲のいい親子だ。

たまに母親からプレッシャーをかけられる以外は、きわめて良好な親との関係に、余計な波風を立てたくないという京の気持ちは理解している。

京の気持ちを無視して早まった自覚もあるし、成秋はあれから反省していた。

だがつい気持ちが急《せ》いてしまったのは、自分の親のことがあったからだ。

もっと京を混乱させそうだったので、あえて言わなかったことがひとつある。

それは成秋の両親は、京との関係をすでに見抜いて知っているということだ。

放任主義だと自ら悪乗りして言うような親たちだが、それでも気紛《きまぐ》れに入る連絡で、それなりに交流はしている。

守秘義務のある仕事の話題はお互いに避けるため、話す内容は他愛のない近況報告になりがちで、成秋からは京について話すことが多かった。

同居していて、生活の大半にいるのだから仕方がない。

暮らしのことを訊かれれば、京とのやりとりを省《はぶ》いて話すのは難しい。

母親は、いつまでも京のことだけ大切にしている成秋の態度で気づいたそうだ。

『あなたは本当に市瀬くんが好きなのね』

半《なか》ばあきれた調子で言われた言葉を、成秋はまっすぐに受け止めた。

『当たり前だ』

母親に対しては、あえて隠そうとはしていなかった。

気づかれたらそれでかまわない。

どういう反応をされたとしても、自分が取るべき手は京だけだと、もう決めてしまっていたから平気だった。


十年間で変わったこと。変わらないこと。

それでも少しばかり緊張しながら、どんな言葉をかけられるか待っていると、通話の向こうで母親が小さく笑った気配がした。

『必要なら挨拶《あいさつ》くらいするから、そのときは遠慮せずに言いなさいな』

『反対しないのか？』

『どうして？　成秋の人生でしょ。自分の相手を自分で見つけたんだから、それでいいじゃない』

『いいのか？』

『いいわよ。個人的には、京くんは可愛《かわい》くて好きだし』

『あれは俺のだ』

『威嚇《いかく》しなくても、べつに取らないから』

めずらしくよく笑う母親の声を聞きながら、親に理解してもらえるということは、心強いものなのだと知った。

京の母親とも、いつかこんなふうに話せる日が来ればいいと心底思う。

「京」

「なに？」

まだパントリーを覗いていた京を呼ぶと、ついでに在庫の確認をしていたのか、なにやらメモ用紙に書き込んでいた。

十年間で変わったこと。変わらないこと。


「昼は餅でいいぞ」

今日は市瀬家の親心に感謝しようと提案する。けれども。

「お餅はまた今度。買い物に行こうよ。スーパーへ行くついでに、お昼も食べてこよう」

京はメモ用紙を畳みながら、キッチンから出て来た。

「いいのか？」

「もちろん。成秋はなにがいい？　オレは中華の気分かな」

何度も誘ってくれる声に背を向けていたあの頃は、こんな未来が待っているとは思わなかった。

好きだと言い続けて、強く願った結果が、いまここに繋《つな》がっている。

京を求める気持ちを諦めないでよかった。

十年かけて大切に、愛情を傾けてきてよかった。

「俺は嫁」

「なに？」

「嫁が食べたい」

そういう気分だと返事をしたら、京は照れたように頰《ほお》を染めた。

「なにそれ、その発言はさすがにオヤジくさいだろ」

「だめか？」

「ダメ。それに、嫁はランチじゃないだろっ」
食べるのは却下されたが、京は嫁と呼ばれたことは否定しなかった。

十年間で変わったこと。
これからも一緒に歩いていこうと誓って伴侶になったこと。
十年たっても変わらないこと。
市瀬京を誰よりも愛しているということ。

あとがき

こんにちは。こんばんわ。おはようございます。真先《まさき》です。

リンクスロマンスの記念すべき十冊目は、タイトルそのままの、つき合いの長い恋人が新しい関係を始めようとするお話です。

こちらは二〇一〇年のリンクス十二月号に掲載された「未来の地図を描こう」という作品が、ありがたいことに新書化のお話をいただけて形になったものです。

前作とはプロポーズつながりで、あえてタイトルを近づけていますが、登場人物は違いますし、続編というわけでもありません。

ですが内容にはいくつか共通点があり、新書化ということで雑誌掲載分を読み直してみたときに、あれっと首を傾げてしまいました。

職業がデザイナーで、ふたりのつき合いが長くて、受が攻を公私共に献身的に支えているというシチュエーション。

あとそんなふたりのよきアドバイザーとなる昔なじみの存在の登場。

掲載時期が約一年近くあいているのですが、当時はまったく自覚なく書き上げているので、どれだけ好きなパターンなのかと、自分の好みの傾向を思い知ることになりました。

職業だけでも変更したほうがいいのではと担当さんに相談しましたが、ストーリー自体は別物なので、そちらをきちんと書きされていれば大丈夫だとのお返事をいただけたので、安心して書き下ろし分に取り組むことができました。

担当さんには、前回以上にご迷惑をかけてしまい誠に申し訳ありませんでした。

反省は次に生かさなくてはだめだと肝に銘じておきます。

そして挿絵を描いてくださった周防《すおう》佑《ゆう》未《み》先生。成秋と京たちを繊細に魅力的に描いてくださいましてありがとうございました。遅れ気味の進行でお願いしてしまい、申し訳ありませんでした。

この本を手に取ってくださいました皆様へ。

出会ってくださってありがとうございました。

少しでも楽しんでいただけましたら幸いです。

また次の作品でもお会いできることを願っております。

真先ゆみ

初出

十年目のプロポーズ	2010年 小説リンクス12月号掲載を加筆修正・改題
十一年目の始まりは	書き下ろし
十年間で変わったこと。変わらないこと。	書き下ろし

白銀の使い魔《プラチナのつかいま》

真先ゆみ
イラスト：**端 縁子**
本体価格 855 円+税

白銀の髪のフランは、幼い頃に契約した主に仕えるため使い魔養成学校に通っていた。だがフランには淫魔とのハーフであるというコンプレックスがあった。淫魔は奔放な気質のせいで使い魔には不向きと言われていたからだ。そんなある日、同室のジェットへの想いがもとで淫魔として覚醒しはじめてしまうフラン。変化していく身体を持てあましているとジェットに「体調管理だと思え」と淫魔の本能を満たすための行為をされてしまうが…。

リンクスロマンス大好評発売中

手をつないで、ずっと《てをつないで、ずっと》

真先ゆみ
イラスト：**北上れん**
本体価格855 円+税

親友に片想いをしていた大学生の静和。長き恋も失恋に終わり、一人バーでやけ酒を呑んで酔っぱらってしまう。帰りがけに暴漢に襲われそうになった静和は、バーテンダーに助けられるが、彼は同じ大学で「孤高の存在」と噂される椿本だった。椿本とは話もしたことがなかったが、彼の家に連れていかれ、失恋で痛む気持ちを素直に打ち明けると、椿本に突然「好きだ」と告白され…。

真先ゆみ
伴侶の心得
Hanryo No Kokoroe
LYNX ROMANCE

真先ゆみ
YUMI MASAKI
花降る夜に愛は満ちる

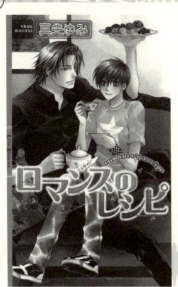

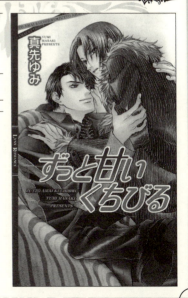

ワンダーガーデン

真先ゆみ
イラスト：**笹生コーイチ**
本体価格 855 円+税

　ピアノを続けたくて親の反対を押しきり音大に入学した春陽は、一年で仕送りを止められる。大学とアルバイトの両立がかなわずに春陽の生活は困窮してしまった。大好きなピアノにも触れなくなっていたある夏の日、春陽は行き倒れていたところを春陽の大学の卒業生である吉祥に拾われ、生活を共にすることになる。新生活はとても居心地のいい時間だけれど、精悍で大らかな吉祥の過剰なスキンシップに春陽の心は乱されて…。

リンクスロマンス大好評発売中

ちいさな神様、恋をした

ちいさなかみさま、こいをした

朝霞月子
イラスト：**カワイチハル**
本体価格870 円+税

　とある山奥に『津和の里』という人知れず神々が暮らす場所があった。人間のてのひらほどの背丈の見習い中の神・葛は、ある日里で行き倒れた人間の男を見つける。葛の介抱で快復したその男は、画家の神森新市で、人の世を厭い放浪していて里に迷い込んだという。無垢な葛は、初めて出会った人間・新市に興味津々。人間界や新市自身についての話、そして新市の手で描かれる数々の絵に心躍らせていた。一緒に暮らすうち、次第に新市に心惹かれていく葛。だがそんな中、新市は葛の育ての親である千世という神によって、人間界に帰らされることに。別れた後も新市を忘れられない葛は、懸命の努力とわずかな神通力で体を大きくし、人間界へ降り立つが…!?

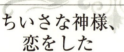

夜王の密婚

やおうのみっこん

剛しいら

イラスト：**亜樹良のりかず**

本体価格 870 円+税

十八世紀末、イギリス。アベル・スタンレー伯爵が所有する『蝙蝠島』という、女が一人も居ない謎の島があった。ある日、その島で若い男だけを対象に、高待遇の働き手が募集される。集まったのは貧乏貴族出身の将校・アルバートや、陽気で親切な元傭兵のジョエルをはじめ、一見穏やかそうだが何らかの事情を抱えた人間ばかり。中でもアルバートは、謎に包まれた島と伯爵の秘密裡な企みを探れという国王の命を受けた密偵だったのだ。任務に忠実であろうと気を張るアルバートだが、ジョエルに好みだと口説かれ、なし崩しで共に行動することになってしまう。城内を探る二人が行き着いた伯爵の正体、そして島に隠された、夜ごと繰り広げられる甘美な秘密とは——。

リンクスロマンス大好評発売中

不器用で甘い束縛

ぶきようであまいそくばく

高端 連

イラスト：**千川夏味**

本体価格870 円+税

気軽なその日暮らしを楽しんでいたカフェ店員の佐倉井幸太は、同棲していた彼女に住む家を追い出され、途方に暮れていた。そんな時、店の常連客だった涼やかな面立ちの人気俳優・熊岡圭に「俺が拾ってやる」と宣言される。しかしその為には「男を抱いているところを見せろ」という怪しい条件を一緒に突きつけられたのだった。そんなことを言う割に、決して直接手を出してくる訳ではない熊岡を不思議に思いながら、軽い気持ちで条件を受け入れた佐倉井。熊岡は常に無愛想で感情の読めない態度を崩そうとしなかったが、一緒に暮らすうち、仕事への真摯な姿勢や不器用な素顔が垣間見え、佐倉井は次第に彼自身が気になりだして…。

小説原稿募集

リンクスロマンスではオリジナル作品の原稿を随時募集いたします。

募集作品

リンクスロマンスの読者を対象にした商業誌未発表のオリジナル作品。
（商業誌未発表のオリジナル作品であれば、同人誌・サイト発表作も受付可）

募集要項

＜応募資格＞
年齢・性別・プロ・アマ問いません。

＜原稿枚数＞
４５文字×１７行（１枚）の縦書き原稿、２００枚以上２４０枚以内。
※印刷形式は自由。ただしＡ４用紙を使用のこと。
※手書き、感熱紙不可。
※原稿には必ずノンブル（通し番号）を入れてください。

＜応募上の注意＞
◆原稿の１枚目には、作品のタイトル、ペンネーム、住所、氏名、年齢、電話番号、メールアドレス、投稿（掲載）歴を添付してください。
◆２枚目には、作品のあらすじ（４００字～８００字程度）を添付してください。
◆未完の作品（続きものなど）、他誌との二重投稿作品は受付不可です。
◆原稿は返却いたしませんので、必要な方はコピー等の控えをお取りください。
◆１作品につき、ひとつの封筒でご応募ください。

＜採用のお知らせ＞
◆採用の場合のみ、原稿到着後６カ月以内に編集部よりご連絡いたします。
◆優れた作品は、リンクスロマンスより発行させていただきます。
原稿料は、当社既定の印税でのお支払いになります。
◆選考に関するお電話やメールでのお問い合わせはご遠慮ください。

宛先

〒151-0051
東京都渋谷区千駄ヶ谷４−９−７
株式会社　幻冬舎コミックス
「リンクスロマンス　小説原稿募集」係

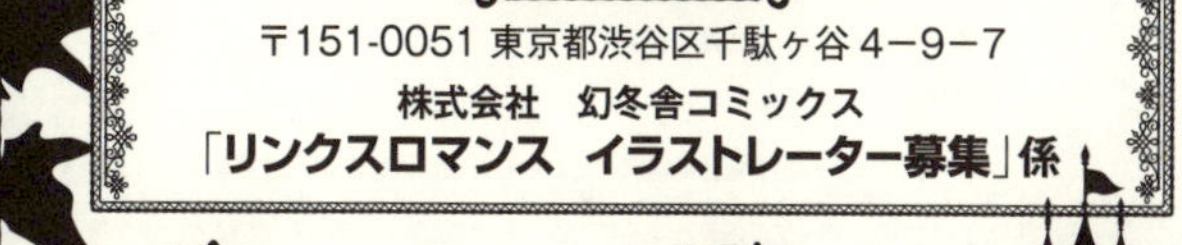

この本を読んでの
ご意見・ご感想を
お寄せ下さい。

〒151-0051
東京都渋谷区千駄ヶ谷4-9-7
(株)幻冬舎コミックス　リンクス編集部
「真《ま》先《さき》ゆみ先生」係／「周《す》防《おう》佑《ゆう》未《み》先生」係

LYNX ROMANCE
リンクス ロマンス

十年目のプロポーズ

2015年5月31日　第1刷発行

著者……………真《ま》先《さき》ゆみ
発行人…………伊藤嘉彦
発行元…………株式会社　幻冬舎コミックス
〒151-0051　東京都渋谷区千駄ヶ谷4-9-7
TEL 03-5411-6431（編集）
発売元…………株式会社　幻冬舎
〒151-0051　東京都渋谷区千駄ヶ谷4-9-7
TEL 03-5411-6222（営業）
振替00120-8-767643
印刷・製本所…株式会社　光邦
検印廃止

ISBN978-4-344-83444-6 C0293
Printed in Japan

幻冬舎コミックスホームページ　http://www.gentosha-comics.net